ちょうどいい、から始まる契約結婚
～白騎士様の溺愛に溶かされそうです～

Ayari

illustration poco.

JN039599

Ruhuna

Contents

人物紹介
レオナルド
魔法と武術を駆使し、
王族の警護・護衛などを行う
白騎士に所属。
整った容姿をしている。
オリバー
武術に秀でた者で
編成される黒騎士に
所属しており、
6年付き合った
ジュリアの元恋人。
ジュリア
国に認められた国家薬師。
努力家でおしゃれ好き。
無口ではないが、
思ったことを内にため込みがち。

ちょうどいい、から始まる契約結婚

～白騎士様の溺愛に溶かされそうです～

Choudoii,
Karahajimaru
Keiyaku
Kekkon

プロローグ

「ジュリア。サラが妊娠した。だから別れてくれ」

久しぶりの逢瀬《おうせ》。十五歳から六年付き合ってきて、いつか結婚すると信じていた恋人のオリバーは、部屋に入ってきて早々口早に告げた。

サラとは飲み屋で働く女性だったような気がするが、今はどうでもいい。

コーヒーでも淹《い》れようとカップに伸ばした手を止めて、幼馴染《おさななじみ》でもあった相手を見た。視線が合うと穏やかに緩むはずの茶の双眸《そうぼう》は、冷ややかにジュリアを見据えるだけだった。

ジュリアはふぅっと息を吐き出し、瞳を閉じた。

衝撃で何を言われたのか、何を言えばいいのかわからない。

ゆっくりと瞼《まぶた》を開け、ひゅっと息を呑《の》む。眉根を寄せて困ったような表情ではあるがオリバーの瞳はどこか挑戦的で、心がすぅっと冷えていく。

「わかったわ」

「……受け入れるんだな」

低く平坦《へいたん》な声と断定的な言葉に、応えるジュリアの声音から感情が消えていく。

「そうね」

「別れるんだな」

念を押されて、詰まる胸をよそにジュリアは淡々と事実を述べた。

「お相手が妊娠なさったのでしょう？」

「……ああ」

オリバーは苦しそうに顔を歪《ゆが》めたあと唇を噛《か》み、きっ、とこちらを睨《にら》みつけてくる。

今度はジュリアが眉根を寄せた。返答がお気に召さなかったようだが、それ以外に何を言えというのだろう。

相手に子供ができ、もうこちらと別れることを決めているくせに。不貞を働いておいて、睨みつけてくるとか意味がわからない。

恋人の、恋人であった相手のあまりの言葉と態度に傷つきすぎて、己の気持ちがべこべこに潰されて出せなくなっている。

信じていた相手に裏切られたと知った衝撃。その事実だけでもういっぱいいっぱいだ。

結末を勝手に決められ、一方的に告げられた。なのに、泣《な》き喚《わめ》いてすがりついて何になるというのだろう。すぅぅーっと感情が抜け落ちたところに、追い打ちのように吐き捨てられる。

「他に言うことはないのか？」

ジュリアはくらりと眩暈《めまい》を覚えたが、とっさに机に手をついて体勢を保つとオリバーに視線をやった。

彼の姿をしっかり捉えているはずなのに、周囲はぼやっと靄《もや》がかかったように見える。急に起こったことに、感情が追いついていないようだった。

「何を言えというの？」

「ジュリアは俺がいなくてもいいよな。国家薬師だしな。サラは俺がいないとダメだって甘えてくるのに、お前は甘えてこなくて可愛《かわい》げがない」

「…………そう」

「薄情なやつだな」

それはあなたではないのだろうか。

私と結婚することを匂わせながら浮気し、お相手を妊娠させといて？

こんな人だったのだろうか。こんな人を愛していたのか。

体格もよく顔立ちもそれなりに整っている黒騎士であるオリバーがモテることは知っていたが、愛してくれていると思っていた。

私だけ、そういつもあなたが言っていた言葉を鵜呑《うの》みにしていた私が悪いのだろう。

もう考えるだけで疲れ、虚《むな》しさがこみ上げてくる。

顔を見ていたくない。ひとりにさせて。ひとりになりたい。

ジュリアは縋《すが》るようにスカートを掴《つか》んだ。その際にお気に入りのショートブーツが見え、今は目にしたくなくてぱっとスカートから手を離す。

「話が終わったのなら出て行って」

声が震えそうになるのを必死で堪《こら》えながら、ジュリアは告げた。感情という感情がそぎ落とされ、自分でも冷たい声が出たと思う。

でも、どう思われてもいい。ジュリアよりも大事な存在ができたというのなら、そのお相手のところにでも好きに行ったらいいのだ。

可愛げがないというだけで今まで築き上げてきたものをあっさりと切り捨ててしまえるのなら、なにもかもどうでもいい。

「お前って、そういうやつだよな」

結局、自分の行いについての謝罪もないまま、言われたところで許せるものでもないが、恋人であった相手は捨《す》て台詞《ぜりふ》を吐いて出て行った。

バタンッ、と苛立《いらだ》ちを表すように扉が強く閉められる。

「ははっ」

恋人だった人のあらゆる行動が情けなくて、乾いた笑いが漏れた。

涙も出ないほど虚しさに襲われ、ジュリアはふらふらとソファに近づき、崩れるように座った。自然と、オリバーの位置を空けて座ってしまう自分が恨めしい。

頭も働かず、動く気にもなれずにそのまま沈み込む。壁に浮かんで見える時計の針が静かに進むのを、ジュリアはただぼんやりと眺めた。

第一章　ちょうどいい

王都の目的地に着くと、リン、リンリンと鈴の音が鳴り馬車が停車した。

先ほどまでは薄いベールを張った窓からの眺めを楽しんでいたのだが、停車とともに曇りが消え景色がクリアになった。

四時間ほど馬車に乗っていたため、固まった身体《からだ》をほぐすようにジュリアは腕を上げてぐっと伸びをする。

よく晴れた明るい日差しの中、淡い色合いに塗られた店が立ち並ぶ賑《にぎ》やかな大通り。

白のスラックスに金色の装飾が施された白のダブルブレストのジャケットという軍服姿の二人組の若い騎士が、腰に剣を下げて歩いていた。全身白と金の装飾は華やかで、色とりどりの物が溢《あふ》れている王都でも非常に目立つ。

少し遅れて、嬉《うれ》しそうに話しながら彼らのあとを追いかけるハイウエストのドレス姿の女性たちが続く。腰の位置で揺れる透け感のあるリボンにはラメが入っており、きらきらと太陽の光に反射しまばゆい。

王都には白騎士と黒騎士がいる。先ほど通った白騎士は武術と魔法を駆使し、主に王族の警護・護衛や、王宮、王都を守る役割がある。

白騎士になるには、高い魔法レベルが必要である。そのうえ、王侯貴族と接する機会も多いため、魔力の基準を満たし礼儀マナーを叩《たた》き込《こ》まれている貴族出身の者が多い。

彼らのイメージが王家のイメージにもなるため、正装は別にあるが白騎士は常に潔白さを印象づける白の軍服を着用しているので、特に女性の憧れの存在であった。

彼らの姿を見送り最初に目を引いたのは、この通りで有名なヴァレティアリー商会が手がけるフルゴンブティックのひときわ高くそびえる白い建物だった。店の扉にはスーツとドレスを着た男女がダンスを踊っている姿が魔法で投影されている。

ここからでもガラス張りの店内の様子が見え、店員が手に持っているベルを鳴らす仕草をするたびに、鏡に映る女性客の衣装がくるくると変わっていく。

今はイレヘムスカートが流行《はや》っているのか、彼女がポーズを決めるたびに裾が揺れる。スカートの色が赤から黒、足元の靴が白から青、ついでに耳元にあるイヤリングも形状を変え、バリエーションを見せている。

この世界ではほとんどの者が魔力を持って生まれてくる。魔力をわずかでも持っている者なら、生活魔道具の大半は操作できる。

一パーセントにも満たない割合でたまに魔力なしで生まれてくる者もいるため、魔力を使わなくても生活できるような道具も開発されつつあるが、魔力があればあるほど便利な世界であり、王都には才ある魔法使いが多く集まり優れた魔道具が溢れていた。

フルゴンブティックにある鏡の魔道具は、実際に着替えなくても魔法付与した鏡に姿を映すだけで着た時の自分の姿がわかり、身長や体格に合わせて変化して見せてくれるので非常に便利である。ここまで精度が高いものは他になく、そういう意味でもこのブティックは有名であった。

ジュリアは自分の服装を見下ろした。

胸にプリーツのような細いひだ飾りのある白のピンタックブラウスに、膝丈の紺色のフレアスカート。靴は何年も履いている黒色のショートブーツ。

清潔感もありシンプルで動きやすいものが好きであるため悪くないとは思っているが、王都の人々の服装と比べると垢抜《あかぬ》けないのは否めない。

お金に余裕ができたらファッションにも気を配ってみたいと思いながら、胸元にある大きなボタンがお気に入りの薄水色のショートケープを羽織った。

用意ができると、トン、トントン、と鈴の音と同じリズムで扉をノックする。すると静かに扉が上がり、乗降のために地上から二十センチ間隔で空中に分厚い板が二枚現れた。

大きな荷物を抱えて石畳の上に降りると、リンリンと鈴の音が鳴り、また静かに扉が閉まり馬車は走って行った。

最後までどんな人が走らせていたのかわからないままだったが、サービスの飲み物が前の小さな扉から出されたりと、快適な旅路となった。

ジュリアは、道を挟んでブティックの反対側にある靴屋の前に移動した。

目の前の突き出しの看板では、黒枠の中に描かれた靴の中を白い小人が出たり入ったりと動いていた。遊び心満載の看板がどのような店かを教えてくれる。

魔法が付与された動く看板や扉は、王都以外にももちろんあるが田舎《いなか》に行けば行くほど数が少なくなる。工夫を凝らしたそれらは、見ているだけでも気持ちが高ぶった。

ジュリアは少し移動して、窓から中を覗《のぞ》く。

プラチナブロンドのストレートの髪に、エメラルドの瞳。周囲に比べて控えめな高さの鼻とこちらも控えめにふっくらした唇に笑みを刻んだ自分の姿がうっすらと映る。

胸はそれなりに成長しスタイルが良く、生まれ育った町では美人だなんだと言われてきたが、髪色とスタイルが目立つだけで王都では埋もれてしまうレベルだろう。体型のおかげで何を着てもそれなりに見られるのはありがたかった。

なんとなく王都の女性たちの明るい服装を見たせいで自分の姿が目に付いたが、今度は目を凝らし店内を見た。

さすが王都。ファッショナブルな靴が数多く並んでいる。今履いているブーツがくたびれてきたこともあり、棚の端にあるショートブーツにジュリアは自然と視線が吸い寄せられた。

靴底は茶色で、紐《ひも》の部分は黒と深緑のグラデーション。落ち着いた色合いで今持っている服にも合うし、シンプルすぎないのもいい。

前回は借りる部屋を決めるのに精一杯で観光どころではなく、両手で抱えるほどの荷物がなければすぐさまあちこちの、特に目の前にあるお店に入って真剣に購入を検討してみたいところだ。

検討と言いながらも本気で欲しくなってきて眺めていると、後ろから影が差しぽんと肩を叩かれた。背後を振り仰ぐと、ジュリアを見下ろすようにしてオリバーが近くに立っていた。

プラチナブロンドのジュリアに対して、オリバーは茶と金が混ざった硬くまっすぐな髪を短く切りそろえ、黄色が強めの茶色の瞳。少し吊《つ》りあがり気味の奥二重の目は一見怖い印象を与えるが、話してみるとよく笑い真面目で優しい気質であるのがすぐわかり、町にいた時も男女共に慕われていた。

ジュリアと視線が合うと、その双眸は優しげに細められる。前回会った時よりもまた一層体格が良くなった彼を、ジュリアも目元を緩めて見つめた。

今はこげ茶のストライプのズボンにクリーム色の男性用チュニック、ズボンと同系色のベストと軽装だが、黒騎士である恋人は、白騎士の軍服ほど装飾はないもののストイックさが出る黒い騎士服がさぞかし似合うだろう。

先ほどいた白騎士と同様、黒騎士も王都を守るのは一緒であるが、魔力は一般人の平均か少し上で武術に秀でた者が集まっている。オリバーも平民にしては魔力がある方だが、白騎士の基準には到底及ばない。

黒騎士は荒くれ者の相手をしたりと荒事が多く、同じ騎士でも魔法を使える白騎士は魔法関連に対処し、それ以外のものに黒騎士が対処するといったそれぞれの役割ができている。

王侯貴族関係の仕事もあり替えが利かない重要な任務が多いため、どうしても白騎士の方が目立つが、日々黒騎士が雑務を含めて働いているからこそ白騎士もそちらに集中できるのであって、どちらも誇れる王都の騎士だ。

国内各地にも白黒騎士は配置され、他の色の騎士もいるが、白黒は王都と近隣がメインで騎士隊の中でも花形である。

黒騎士として頑張っている恋人が、ジュリアは誇らしかった。

幼馴染でもある恋人は当然のようにジュリアの荷物を持つと、ジュリアの腰を抱き馬車の行き交う大通りから小道へと誘導する。

頼もしい腕と久しぶりの彼の体温がくすぐったい。これからはまた近くにいることができるのだと思い嬉しくて顔を上げると、オリバーも口元を綻ばせてこちらを見下ろしていた。

オリバーとは幼馴染としてずっと仲が良く、彼が黒騎士の試験を受ける少し前に告白されて付き合い始めた。

オリバーの方がひとつ年上で体格も良いことから、小さな頃から兄のように頼れる優しい人で、恋人になってからはそこに甘さが加わった。

無事、黒騎士の試験に合格しオリバーが王都に行ったあとはしばらく遠距離恋愛をしていたが、このたびジュリアもオリバーを追いかけるかたちで王都にやってきた。

今は亡き祖母が町の薬屋をしていたことで自然と薬草を扱うことに長《た》け、魔力の適性もあったため、ジュリアは薬師になることがいつしか夢になっていた。

そのため、王都にある薬屋で働き、知識と技術を学びながら夢である国家資格の取得を目指すことにしたのだ。

それらの両立と初めての一人暮らしは不安でいっぱいだが、オリバーがいるので大丈夫だろうと家族も応援してくれている。

階級のない独身の騎士は寮に入ることが義務付けられているため一緒に暮らすことはできないが、同じ土地に頼りになる彼がいると思うだけで気分は違った。

仕事の合間に家探しも手伝ってくれるなど、出迎えてくれる優しい彼とのこれから、そして夢へとジュリアが期待に胸を膨らませたのは、小さな町から王都に出てきた十七歳の時だった。

それから最初の一年は仕事に猛勉強にと忙しい日々に追われたが、とても充実していた。

あまりに疲れて寝落ちしている時はベッドに運んで寝かせてくれたり、家事に手が回らない時などはできあいものを買ってきてくれたりと、オリバーは仕事が早く終わった時や休みの時は気にかけて常に寄り添ってくれた。

オリバーはちょっとした買い出しでも必ず一緒に行動するなど、それくらいならひとりでするよと思うところまで世話を焼く過保護な面もあったが、王都に不慣れなジュリアを思ってくれているのが伝わりとても嬉しかった。

思われる喜びと優しさに後押しされ、無事ジュリアは国家資格試験に受かり王城勤務となった。

オリバーは自分のことのように喜んでくれ、それからも互いに時間を調整しながら逢瀬を重ねてきた。誕生日などの記念日を祝ったり、街でデートしたり、家で何をすることなくまったりしたりと、穏やかに月日を過ごしていた。

まとまった休みが取れた時は一緒に帰省し、付き合いが長くなるほど結婚を意識した会話や、周囲、特に親たちもいずれはそうなるだろうという空気になっていた。

だが、勤務年数とともにジュリアの任される仕事に責任が伴っていくにつれ時間調整が難しくなり、会えない日が続くことも多くなってきた。ペースを掴めばもう少し違うのだろうが、まだまだひよっこのジュリアは全力で仕事に挑むのみで余裕が持てなかった。

騎士であるオリバーの勤務時間もばらばらで不定休であり、緊急要請があれば休みでも出勤することもあったため、互いの事情で会えないこともあった。

会う約束をしていたのに残業が続いたり、ようやく定時で帰れるようになったら、今度は事件が重なりオリバーの方が忙しくなったりとすれ違いが続く。

近くにいるのに会えないのは、遠距離恋愛をしてきた自分たちにとっては余計に寂しく感じた。

特にオリバーはたくさん会おうとしてくれるタイプであったので、あまりにすれ違いが続くと、久しぶりに会う時はどうしても雰囲気がぎすぎすしてしまうこともあった。

ジュリアとしては身体を張って頑張っているオリバーにできるだけ合わせたいのが本音ではあったが、自分の仕事に誇りもあるので手が抜けず、それがうまくできないもどかしさを感じていた。

国家薬師となったジュリアの給金は以前と比べものにならないほど多く、金銭的にはだいぶ余裕ができた。そのため、二人合わせてならば結婚してもそれなりに生活をしていける目処《めど》はつくし、何より、結婚すれば共働きの配偶者は仕事の休みを相手に合わせて調整しやすくなる。

それでも、結婚を意識していながらなかなか結婚しようとならなかったのは、性格や相性や結婚への不安というよりも、仕事関係のことが多くを占めていた。

ジュリアとオリバーは、互いに仕事においてまだ一人前とは言い難い。それぞれ努力はしているが、自分たちの目指すところは常にある。

それに、オリバーはジュリアの方の稼ぎがいいことを気にしているのか、小隊長になれたらと何度か口にしていた。

王侯貴族に関わることの多い白騎士やジュリアのような国に認められた魔力持ちは、その魔力分を買われて提示される金額が高いため、どうしても差が出てしまう。

黒騎士も給金はよく一般的な魔力持ち男性の憧れの職業であるし、人のために働くオリバーをジュリアが誇らしいと思っていたとしても、オリバーは気になるようだった。

階級が上がるとその分給料も上がるので、それが叶《かな》ったら結婚をしようと、結婚してくれと言われていた。

オリバーにはオリバーの目標があり、結婚は自分が家庭の生活を支えていけるようになってからだと考えているようで、それが小隊長になることだというのなら応援したかった。

ジュリアとしても仕事に追われている日々に、いずれはと思っていても今かと聞かれたらもう少し気持ちに余裕がある時の方が望ましいと思っていたので、オリバーが望む時に自分もそうあれるようにと思うようになっていた。

互いに一緒になる日を意識しながらも、この一年ほどはどちらかというとジュリアの時間に合わせてもらう方が増えていた。

そのことはとても気にはなっていたが、気にするな、頑張れと応援してくれるオリバーの言葉もあって、早く慣れて余裕を持てるようになろうと、ジュリアも仕事に打ち込んだ。

だけど、ここ数カ月はちょっとした言い合いが本気の喧嘩《けんか》になり、ひどい時にはオリバーはもういいと怒って出て行くこともあった。

何気なくその日の仕事の話をしていたら不機嫌になったり、先に立てていた予定にどうしても外せない仕事が重なり流れたりと、一緒にいても無言になったりと居心地が悪くなる。

そういったことが次第に増え、今までだったら会いに来ていたところを、どうせ会えないのだろうとオリバーは飲み歩くことが多くなった。

本当に会えなくなる日もあったし、会えるのに飲みに行ってしまう日もあって、ジュリアの気持ちは複雑だった。忙しいと言っても休みがないわけではないし、食事を一緒にするくらいできる日もある。それさえ少なくなっていくのは、正直とても寂しかった。

もともとオリバーは騎士寮住まいであるし、食事となると時間を合わせて外で食べるか、ジュリアの家になる。そのため、ジュリアから寮には行けない以上、どうしても来てもらうことになり、そのオリバーが来ないとなると会える日が減るのは当たり前だった。

空けてくれていた予定を潰してしまうこともあったため、飲みに行くなとも言えないし、かといって今までのオリバーとの態度の違いに戸惑う。

だけど、ゆっくりと過ごせるような日は、以前のように優しく甲斐甲斐《かいがい》しく、二人の展望を語るようなこともあった。

オリバーの行動に思うことはあったけれど、言及してさらに険悪になるのが嫌であった。

それに、もう少ししたら仕事も落ち着くことが見えていたので、今度はジュリアがオリバーに合わせることができると、穏やかな自分たちに戻れると信じていた。

すれ違っていても思い合う気持ちに変わりはない。それだけの年月を過ごし、心を預けてきたつもりであった。

だけど、そうやって支え合ってきたはずの自分たちの関係は、オリバーの浮気であっけなく終わった。

❖　❖　❖

ジュリアはソファに深く沈み込み、両腕で目を覆った。

「…………………」

先ほどのオリバーの挑戦的な双眸が瞼にこびりついて離れない。

胸当てなどの装具は外されていたが、仕事が終わってそのまま寄ったのか黒の騎士服のまま、ダブルブレストのジャケットの金のボタンがゆらゆらと揺れて見えたのを最後に、オリバーの表情が思い出せない。

視界が暗闇にとらわれ、すべてのものが色褪《いろあ》せる。ノイズが入ったようなそれは、考えることを億劫《おっくう》にさせた。

オリバーが浮気をし、しかもお相手を妊娠させたというのも信じられなかった。

信じられないけれど、数年前ならそういったことは絶対にないと断言できたのに、今はそれができないことにも打ちのめされる。いわゆる、言われてみればというやつだ。

「思うことがあったのなら、言ってほしかった」

オリバーが出て行ってからやっと出した言葉は、自分の声とは思えないほど嗄《か》れていた。王都は過ごしやすく、今も大して寒くもないはずなのに身体が冷えて震え始める。

信じられない気持ちの方が勝り現実味がわかなくて、嘘《うそ》だという気持ちとどこか納得する気持ちとを行ったり来たりと揺れ動いて胸が苦しく、冷える身体に吐き気がしそうになる。

「もう、ほんと、いやだ」

こめかみががんがんして、すべての思考を放り出してしまいたいのに、どうしても何が駄目だったのだろうか、主な原因は何だったのだろうかと考えてしまう。

座っていると見えるショートブーツが恨めしくなってきて、ジュリアはじっと睨みつけた。

このブーツは王都に来たその日に店先で見つけたもので、気になっていたのに気づいたオリバーが後日プレゼントしてくれたものだった。そうやって自分をよく見てくれて大事にしてくれていた人の、信じていた相手の、ひどい裏切りが何よりもつらい。

のろのろと気怠《けだる》い身体を動かしブーツを脱ぎ捨てると、足を抱えるようにソファにうずくまる。

虚無感に襲われて涙も出なくて、ジュリアはぐりぐりと腕に顔を押しつけた。

王都でそれぞれの目標に向かって一緒に頑張ってきたのに、どこで向き合う方向がずれてしまったのだろうか。

互いに状況が変化したとはいえ、最近ぎこちなくはあったが自分たちなら乗り越えられると思っていたし、ジュリアの方は結婚もそう遠くない話だと思っていた。

だから、ただただすべてが一方的に告げられて終わったことが虚しく、裏切られたことが悔しい。

すべての感情が置き去りにされてしまったようで、思考がまとまりかけては霧散してしまう。信じたくないという気持ちが強く出て、現実を否定したくなる。

後悔すべきはその予兆に危機感を覚えず、オリバーを信じ続けていたおめでたい自分だろうか。

ここ数カ月、王族が飲まれる薬を処方するのに気を張っていた。当然、王族絡みのことは恋人にも話すことはできず、とにかく忙しいのだと告げて、すれ違いが続いていたのは確かだ。

だけど、長年付き合ってきた優しく真面目だった相手が、ジュリアの様子を見て心配や応援こそすれ浮気に走るとは思わなかった。何か思うことがあったり、他に好きな人ができれば浮気をする前に伝えてくれると信じていた。

甘えもせず可愛げがないと言われたことが、第三者の存在を唐突に明かされさらに比べられたことが、重い鎖となって心臓を締め付けてくる。

「……もうやだっ」

ジュリアは一層縮こまるように身体を丸めた。

付き合った年月が、思い出がのしかかってくる。そして、何度も同じようなことを考えて、呼吸が乱れるほど胸が苦しくなった。

オリバーが棘《とげ》のある言葉を口にすることが増えていたが、人は誰しも一面だけではないし、心がささくれることだってある。

その言葉に傷つきはしたが、それ以上に頼もしく優しい恋人……、だと思っていた。良いところも悪いところも互いに知ったうえで、愛し合ってきたと思っていた。

ジュリアは唇を噛み締めた。鋭い刃《やいば》となった言葉を思い出しては、胸の痛みを誤魔化《ごまか》そうとぐっと掴むように押さえつけた。

浮気はいったいいつからだろうか。自分の何がいけなかったのだろうか。

今更考えても仕方がないのに考えてしまい、今まで信じてきたことをすべて否定されたようで心に澱《よど》みが溜《た》まっていく。

本格的に息が苦しくなって、ジュリアは喉を押さえた。

当たり前のようにしてきたことが否定されると、呼吸のリズムも乱れてろくに息ができない。オリバーのあらゆる言葉がジュリアを責める。

他に言うことはないのかと言われたことを思い出し、ジュリアはぎゅっと拳を握りしめながら呼吸を整えた。

「――はぁっ……」

オリバーが思っていたことを話すのならわかるが、なぜ、ジュリアがそのことについて語らなければならないのか。

今思い返してもよくわからないし、オリバーは何を言ってほしかったのか。

でも、言ったところでお相手が妊娠しているのだから、自分たちの関係は終わっており、やはり無意味だと思う気持ちに変わりがない。

自分から裏切ったくせに。簡単に捨てられるくせに。

そういった憤りもあるが、ぽっかりと心に穴があいたようですべての感情が持続していかない。

ただただ、虚しさにジュリアは打ちのめされた。

❖　❖　❖

沈み込みながらも仕事をこなした週数間後の休日。

ジュリアはカーテンの隙間から漏れ入る光を感じ、瞼をゆっくりと開けるともぞもぞとベッドから降りた。

カーテンの端をくいっと二回引っ張ると、波打ちながらするすると両サイドにまとまり、外からの日差しが入り込み部屋を明るく照らした。

睡眠も浅くどこか腫れぼったい顔を洗い、ジュリアは気合を入れるように頬《ほお》をぱんっと叩くと顔を拭いた。

裏切られ別れてからずっと、落ち込むだけ落ち込んだ。考えても変わらないとわかっていながらも、ぐるぐる同じことを考えては傷ついてきた。

そして、結局は何も変わらないままで、考えても仕方がないことに落ち込む自分が次第に嫌になってきた。

仕事に支障が出るのは、頑張ってきた自分のためにもしたくない。プライベートがそのような結果になったからこそ、時間をかけて掴んだもうひとつを壊したくなかった。

「よし。やろうかな」

昼からは、ジュリアの状態を知り心配した友人のアイリスとランチをすることになっている。

彼女との待ち合わせの時間をタイムリミットに、このままオリバーのことを引きずるのは嫌だと、ジュリアは一緒に選んだソファを含め、ありとあらゆるオリバーの思い出が残るものを片付けることにした。

見渡せば、あちこちでオリバーの気配を感じる。

家にいると考えることをやめられず、別れを切り出されたことや、放たれた言葉、そして、仲が良かった時分の思い出などに引きずられる。

泊まりの日に向かい合わせで食事をしたテーブルや、一緒に花を植えた花壇。あそこであれをした、これをしたと、次々浮かんでは消えていく。

王都に来て初めてのプレゼントであるブーツに罪はないが、箱に入れて奥に仕舞《しま》い込んだ。

気づいてくれたことや、欲しいと思ったものをわかってくれたことがとても嬉しくて、愛され、大事にされてきた思い出が次々と出てきて、捨てようと思ってはやめてを繰り返し、結局捨てることができなかった。

捨てきれず、隠すように動いてしまうこと自体に泣きたくないのに泣けてきた。

「うっ、くっ……」

一度ポロリと涙がこぼれると、止めどなく流れる。

別れを切り出された時も涙なんて出なかったのにと思って拭い止めようとしたが、手を濡《ぬ》らすだけだった。

むしろ、ようやく現実を受け入れ泣けたのかもしれないと、ジュリアは涙を止めることを諦めてしばらく泣いた。

ようやく落ち着き涙も止まると、そこから躊躇《ためら》いなく小物の多くは処分し片付けることができた。だが、ソファ以外の大きなものはどうしても生活に必要なため捨てられず、部屋にはまだオリバーの存在が色濃く残る。

それでもよく一緒にくつろいだソファがなくなるだけで、随分と気持ちがすっきりはした。したけれども、気分は晴れない。

「もう引っ越そうかな」

ジュリアの給料なら、もう少し勤務先に近い場所で良い物件に住める。

働き出した当初はお金もなく、ある程度貯《た》まってきてもそのままここに住み続けたのは、彼と苦楽をともにしてきた場所でもあったからだ。

時間いっぱいまで作業をし、回収業者に通信式魔道具で連絡を入れ終えると、アイリスと落ち合った。

レストランに入り食事をしながら、今までのこと、引っ越しをしようかと考えていることを話すと、彼女はバンッと机を叩き感情をあらわにして後押ししてくれた。

「そうすべきよ！　そもそも、ジュリアが遠慮しすぎだったのよ。だから、あいつも付け上がったのね」

「遠慮していたつもりはないけど……」

オリバーがジュリアの稼ぎのことを気にしていたのでそれが頭になかったとは言い切れないが、だからといって浮気とそれは関係ないだろう。それもあって浮気したというのなら、さらに打ちのめされそうだ。

つらいことを含めて思い出しながら自分の感情も込みで話す作業というのは疲れるが、自分の気持ちに寄り添ってくれる友人が相手なので、気持ちは整理されて気分も明るくなっていく。

グラスに炭酸水を注ぐと、泡がじわじわと増えていった。ぷくぷくと泡立つグラスを眺めながら、ジュリアはややしてから告げた。

「私にも原因があったのかなって。付き合いってひとりでは成り立たないから」

「本当、優しいんだから。幼い頃からずっと一緒にいたから情も移ってるんだろうけどさ。ジュリアの気遣いを無下にするなんて。最悪」

アイリスが目を吊り上げ首を振ると、彼女の肩のラインで切りそろえた赤髪とイヤリングがシャラリと揺れた。

大きなシルバーイヤリングが揺れるたび、そこに自分の覇気のない疲れた顔がちらちらと映る。

「まあ、相手を妊娠させたとかはさすがにどうかと思う」

「そうそう。最低だよ。ジュリアはもっと怒っていいからね。謝罪もないなんて、ほんと最低っ！ここで別れて良かったんだよ。普段真面目なやつほど、羽目を外すとロクでもないよね」

「ははっ」

乾いた笑いが漏れる。

ジュリアの代わりに怒ってくれるアイリスに救われると同時に、そんな相手と長い間付き合ってきたと思うと虚しくて仕方がない。やはり、怒りというよりは落胆の方が勝る。

「もう！　その話を聞いてからすっごい腹が立って腹が立って」

「そんなに怒ってくれて嬉しい」

自分以上に感情的になって怒ってくれる友人に、ジュリアの眦《まなじり》に涙が溜まる。

「ジュリアったら。こんなに可愛いのに、あいつはバカだね。大バカだ。もうさ、絶対あいつより幸せになってよね」

「ふふっ、ありがとう」

ジュリアの両手を握り、切々と訴えてくる友人にふっと微笑《ほほえ》む。

虚しいからこそ涙で濡らしたまま過ごすつもりはないし、いつまでも引きずるのはさすがにしんどいので、忘れて前に進みたい。

「絶対だからね。そもそもあいつがジュリアを見せたくなくて独占してたのにさぁ。そのせいで、ジュリアはあいつしか知らなくて他に目を向けたことないし。もう、ほんと勝手で腹が立つわぁ。ジュリアは器量良しだしすぐまた出会いがあるよ」

「どうかなぁ。別にもういいかなって思うけど」

ジュリアは困ったように眉尻を下げ、ゆっくりと外へと視線を向けた。自分たちくらいの年齢の男女が腕を組んで通って行ったが、羨ましいとも思えない。

「ダメだって。まだ二十一歳。これからだよ。浮気男を悔しがらせるくらいのイケメン捕まえて幸せになってくれなくちゃ」

「なんで、イケメン？」

ぱんっ、と手を叩かれてアイリスに視線を戻すと、若干胸を張ってアイリスが告げる。

「その方がすかっとするから。私やジュリアの周りがね」

「ふふっ。だったらいいね」

ウインクしながら告げるアイリスに相槌《あいづち》を打ちながら、ジュリアはそっと小さく息を吐いた。

アイリスに限らず周囲はそうやって励ましてくれるが、次の恋なんて考えられない。

信じていた相手にあんな風に裏切られ切り捨てられ、向き合ってきた月日のすべてが無駄だって言われたような気分だ。

浮気をされたこと、その相手が妊娠したからといって別れを一方的に突きつけられ、比べられ、お前では駄目だと突きつけられた事実。

「もう、なんかしんどいよね」

気持ちを持っていかれることが。預けることが。

そして、また裏切られるかもって思うと、新たになんて思えない。

結婚すること、家庭を持つことに憧れていた。付き合ってきた年月と、年齢的にもそうしたいと思っていたけれど、一気に気持ちが冷めてしまった。

幸い、自分には仕事がある。

ひとりでも過ごしていける。

そうジュリアは自分自身に言い聞かせアイリスと別れたあと、勢いは大事だろうと賃貸物件を扱っているお店に向かうことにした。


外は青空が広がりあまりにも穏やかな日差しが目にしみて、ふとした瞬間にオリバーのことが浮かぶ。

「はぁっ……」

さっさと忘れたいと、忘れるんだとぶんぶんと首を振って思考を振り払い、歩き出す。

物心ついた頃から一緒にいたため、十五歳からの六年間の出来事とともになかなか簡単に消えてくれなかった。

「もっと環境変えてみるのも手なのかな？」

引っ越すのは前提として、この街を離れてみるとか？

職場は変わらないので、住んでいる環境をがらっと変えるのはいいかもしれない。

そこまでしないとオリバーのことを忘れられないというのも悔しいが、ここにいては何かと生活圏もかぶるし見かけることもあるだろう。

視界に入ると、忘れようとしても思い出されることが多くて、なかなか気持ちを昇華させるのが難しそうだ。

「だから、みんな新しい恋人ってなるのかな」

ジュリアはうーんとアイリスの言葉を思い出し、はぁっと溜め息をついた。

確かに、新しい出会いは忘れるにはいい方法なのだろうけれど、それでもやっぱり人に気持ちを預ける気にはなれない。

「いっそのこと、契約結婚とか？」

結婚となると生活がガラリと変わる。そのうえ契約なら心まで預けなくて済む。

数日前に読んだ貴族のゴシップ記事を思い出し口に出してみたが、あまりにもバカらしすぎて却下だ。

契約とは互いに益《えき》があるからこそ成り立つのであって、貴族でもなんでもないジュリアと契約を交わして得をする人物なんて現実にはいない。そもそも、生活は変わるがよく知らない人と一緒に生活するなんて意味がわからない。

あまりにもバカらしい思考に、ふっ、と苦笑を浮かべたところで、唐突にぱしっと腕を背後から取られた。

そのままぐいっと引っ張られて立ち止まり、こちらを見下ろす人物にジュリアは目を見張る。

走ってきたのだろう、はぁ、はぁ、と荒く息を切らし、額にはしっとりと汗が浮かんでいる。ジュリアから視線を外さない相手の瞳に、驚いた顔の自分が映り込む。

ジュリアの腕を掴んでいる男性は、伯爵家の次男であり白騎士であるレオナルドだ。

今は騎士服ではなく、グレーのスラックスとシャツに黒の薄手のノースリーブのロングコートとブーツ姿だ。普段の白の騎士服と違い、黒を身につけた濃いめの服装はとても新鮮に映る。

レオナルドは逃がさないとばかりにぐっとジュリアを軽く引き寄せ、はぁーっと身体を曲げて息をつく。

ジュリアは戸惑いながら、いっこうに腕を離そうとしないレオナルドを見下ろした。

「レオナルド様？」

「ジュリア、やっと見つけた」

見つけた？　と疑問を顔に出したジュリアに対して、レオナルドは身体を起こすと、ふぅっと一息ついてジュリアの腕を掴んでいない左手で髪をかき上げた。藍色がかった艶やかな癖のない黒髪はいつもより乱れている。

普段は耳が見えるようにセットされている横髪が健康的な白い肌にかかり、はらりと落ちていく長めの前髪も含め、何をしても色気がある人だ。

深く澄んだ黒の瞳に、眉から鼻筋は凛《りん》とし男性にしては長い睫毛《まつげ》、誰もがはっと振り返るような美貌で唇の右下にあるほくろが印象的だ。

オリバーと仲の良い黒騎士仲間であるダンと共通の友人であるようで、仕事で会えば話し、最近は知らないが、一時期は何度かダンとともにプライベートでも飲みに行く仲だったと記憶している。

彼とは、ジュリアが王城に勤めることになってから仕事上顔を合わせると話すこともあった。だが、あくまで仕事の延長線上での会話だけだった。

いろいろと噂《うわさ》がある人ではあるが、貴族だからと鼻にかけた言動はなく、常に紳士的で好ましい人柄という印象だ。

ジュリアが驚きで瞬《まばた》きを繰り返しながら動けずにいると、レオナルドはもう一度大きく息を吐き出し、ジュリアを見て安堵《あんど》したようにふわっと柔らかに笑った。

ただ、穏やかな表情を浮かべる双眸の奥には、揺らめく熱が見え隠れしている。

「どうしたのですか？」

「彼と、オリバーと別れたと聞きました」

元彼の名前に、ジュリアは一瞬顔を曇らせた。忘れよう、前を向こうと思っていても、また違った第三者から名前を聞くと胸がつきりと痛む。

それに気づいたレオナルドが心底申し訳なさそうにその美貌を歪ませ、ジュリアを掴んでいた右手を一度離したが、もう一度今度は優しく拘束するように掴み直してきた。

「あなたを困らせたいわけではないのです。ただ、話を聞きたくて」

彼は二つ上の二十三歳で、その若さで第二隊の副隊長を任されている将来有望な人物である。そんな相手にまで噂になっているのだと思うと、うんざりした。

「もう噂になっているのですね」

そういった感情が声に乗っていたのだろう。レオナルドは慌てたように首を振った。

「いえ、噂というよりは飲み屋のサラがオリバーと結婚すると言っていると聞いて。人伝《ひとづ》てなので噂と言えば噂なのかもしれませんが、そこまで想像しているほどのものではないです。……その、本当でしょうか？」

「ええ、その通りです」

「なぜ？」

その問いに、胸の深いところに軋《きし》みを感じジュリアは押し黙った。

誰もが傷心のジュリアを気遣うなかでのストレートな質問に虚を衝《つ》かれたが、どちらかというと、質問されただけでまだ胸を痛める自分に腹が立った。

ジュリアはなるべく心を落ち着かせるように大きく息を吸い、言葉を発した。

「……浮気されまして、お相手も妊娠なさったようなので別れました」

「ちっ、あいつ」

普段丁寧な言葉遣いのレオナルドからは聞き慣れない言葉に、ジュリアはあれっと首を傾《かし》げる。

すると、こほんとレオナルドは咳払《せきばら》いをし、睫毛の長さが一本一本わかるほど近くまでずいっと顔を寄せてきた。

その近さに、どきりとする。

ジュリアや他の仕事関係の女性と会話をする時は、彼は紳士的であったためいつも一定以上の距離を保っていた。そのため、こんなにも近づいたのは治療の時くらいだ。

背が高く、細身の鍛えた身体つきであることは知っていたが、オリバーを見る時よりも上がる顎の角度に、認識していた以上に身長が高いことを改めて知る。

爽やかなのに気怠げな雰囲気を持った妙に色気のあるレオナルドは、その美貌と地位と実力で当然女性にモテ、その手の噂に事欠かない人物である。

女性との交際のスパンはとても短いが、不思議と女性とこじれた話を聞いたことがなく、そつなく楽しんでいるといった印象だ。

平民だからと差別することなく、気さくな性格なのもあって、平民出身が多い黒騎士とも友好的に関係を築きオリバーとも親交があった。

ただ、オリバーが自分たちの関係を彼に話していたのかは知らないが、ジュリアはレオナルドから直接オリバーとの関係について聞かれたことはなかった。

「レオナルド様？」

「いえ。なんでもありません」

ふっ、と笑むと口角が上がり、唇の右下にあるほくろの存在感が増してさらに色っぽく感じる。

レオナルドが姿勢を正すと、その際に彼に遮られていた陽光がジュリアの金の髪とともにきらきら輝く。

それらを眩《まぶ》しそうに目を細め見たレオナルドが、そっと前方に視線をやり考えるように目を伏せ、じっと探るようにジュリアを見てきた。

「それでこれからどちらに行かれるのですか？」

「そこのお店でいい物件を紹介してもらおうかと」

行ってみないとわからないが、女性向けの物件の取り扱いはあるだろう。

店に視線を向けると、レオナルドも確認するようにちらりと見たがすぐにジュリアに視線を戻す。

「住居を移されるのですか？」

「はい。この際、職場に近い場所に引っ越してしまおうかと思いまして」

「それはいい考えです。ですが、この辺よりかなり相場は高くなると思いますが」

「今まで貯めてきたものもありますし、どうしても、ここにいると……。まあ、そういうことです」

言葉を濁すと、レオナルドが痛ましそうな顔をした。

申し訳なさそうに眉尻を下げられ、気を遣わせてしまっていることにジュリアも心苦しくて眉を下げる。

「忘れられないということですか」

だが、続く言葉は思った以上に遠慮なく発せられた。この話題が続くのなら下手に遠慮されるよりはいいと、ジュリアも少しほっとしながらそれに答える。

「……まあ、長かったですから。次の恋という気分にもなれませんし」

「…………、ほんとあいつぶっ飛ばす」

なにやらレオナルドが小さな声でぼそぼそと言ったが、その言葉は聞きとれずじっと見上げると、なんでもありませんととても爽やかにまた微笑まれた。

見下ろされる形になるからか、伏し目がちの視線は妙に意味深に見えて仕方がない。

レオナルドは一度唇を噛むと迷うように視線を左右に動かし、その迷いを振り払うようにジュリアの右手も掴んできた。

いつもと違う距離感や会話の内容にどうしていいのかわからないまま固まるジュリアに、レオナルドはゆっくりと明確に聞こえるように口を開いた。

オリバーではない、男性の大きな手が自分の手を包み込む。

「私、ではダメでしょうか？」

「……えっ？」

「彼を忘れるために、私とともに過ごしませんか？」

唐突な申し出に、ジュリアはぱちぱちと瞬きを繰り返した。何か言葉を吐き出そうとしたけれど、やっぱり意味がわからないと困惑をあらわに白騎士様を見つめる。

私とともに過ごしませんかとは、話の流れ的にこのあと一緒にどこかお茶でもという誘いではないことはわかる。だが、なぜ声をかけられたのかがわからない。

掴まれている手の大きさや硬さに慣れなくてちょっと落ち着かないなか、ジュリアはなんとか思考を働かせて言葉を絞り出した。

「えっと、理解が追いつかないというか。その、先ほども言いましたが恋愛だとか今は全く考えられませんし、ただ状況を変えたいというだけですし。そもそも、レオナルド様はおモテになられているので、女性に困ってておられないでしょう？」

「今はお付き合いしている女性はいません。それに、周囲に結婚を急《せ》かされていまして見合いの話が大変なんです」

何かを思い出すようにふっと物憂げに溜め息をつくレオナルドに、ジュリアは実際にそんなことがあるのだなとぽつりと聞き返した。

「お見合いですか？」

「ええ。ここだけの話、騎士団に入っても兄は後継のことが気が気でないようで。無用な争いを避け家族を安心させるためにも、平民でありながら国家資格をお持ちのあなたとならちょうどいいんです」

「ちょうどいい、ですか……」

女性を取っ替え引っ替えしている、簡単に言えば遊び人であるレオナルドの言葉に密《ひそ》かに驚く。

お貴族様はお貴族様でいろいろあるのだろう。

「はい。そうです。正直なところ、女性に声をかけていただくのはありがたいのですが、その大半は断らないといけませんし、明らかに地位目当てであったり、この容姿だからというのも、ね。疲れるんです」

「はあ、大変なんですね」

モテる人ならではの悩みも切実だと同情していると、レオナルドは小さく苦笑し肩を落とした。

「ええ、そのうえここ最近は見合い攻勢で正直参っておりまして」

「なるほど」

ここまで彼と込み入った話をしたこともなく、憂いを帯びた溜め息とともに話され、ジュリアはいつの間にか相槌を打っていた。

「なので、結婚していただけませんか?」

だが、続く言葉に頷《うなず》きかけたジュリアは、んっ、と固まり、内容を理解すると目を見開いた。

何度か瞬きを繰り返すが、真面目な顔をしたレオナルドはジュリアの返答を静かに待っており、しかも濁りのない目で見つめてくるので圧倒される。

「結婚? 急に話が飛んで意味がわからないのですが」

「ジュリアも環境を変えたいのでしょう?」

「ええ、まあ」

どう話が繋《つな》がっていくのかわからず警戒しつつ相槌を打つと、レオナルドは涼やかな声で続けた。

「それに恋愛もしたくないと。私と一緒ならいい物件にも住めますし、男がいると防犯の面でも安心ですし変な男も寄ってきませんよ？」

「だからといって、結婚というのは」

あまりにも極論すぎる。

意味がわからないと眉を寄せると、レオナルドは困ったように眉を下げ、懇願するように声を低くした。

「ダメですか？　先ほど、ジュリアの口から契約結婚という言葉も聞こえた気がしたのですが。この場所でこのタイミングで出会ったのも運命だと私は思います。私の見目や身分に目をくらませないジュリアとなら良い関係を築いていけると思うのですが」

切々と訴えられ、きゅっと手に力が込められる。

「つまり、レオナルド様は契約結婚をしたいということですか？」

「契約……、そう思っていただいても構わないですよ」

「そうですか」

先ほど冗談で思い浮かべたことが現実に起きた。

相手には私がいい理由があると。なら、私は？　彼が、レオナルドがいい理由があるだろうか？

「ダメ、でしょうか？」

「ダメ、というか……」

ジュリアは眉を寄せ考えるように視線を下げた。しばらくそうしていたが、視線を感じもう一度彼を見上げると、思った以上にこちらの機微を探るような真剣な瞳とぶつかる。

　重なり合ったその黒の瞳がわずかに揺らいで細まるのを間近に見てしまい、さらっとした口調に反したその双眸の強さにどきりとし、思わずそっと視線を逸《そ》らした。

「ジュリア」

　混乱しながらもやはり急展開すぎて考えきれず、この話は流してしまおうと心の天秤《てんびん》を傾けていると、こちらに集中するようにと柔らかな声で名を呼ばれる。

　ジュリアは心の中でふぅっと息をつきもう一度向き直ると、穏やかな笑みを浮かべレオナルドは話を続けた。

「もちろん、周囲には仲の良さをアピールする必要はありますので、私もジュリアもそうする努力をすべきではありますが」

「仲良さアピールですか？」

「ええ。兄は疑《うたぐ》り深いですので、私たちが好き合って結婚したと信じてもらわないといけません。あとは、結婚しても一部に気にしない者もいますので、寄ってくる異性を寄せ付けないために愛し合っていると周囲に示す必要があります」

「なるほど」

　本当、お貴族様もいろいろあるようだ。

　今まで女性との交際が派手だったのもその辺りに関係しているのだろうかと、ここまでくると邪推してしまう。

「私と結婚することによるジュリアの方の利点といえば、オリバーを忘れるためというのは前提ですが、互いに想《おも》い合っているというのを見せるのも有効ですよ。彼にも気にしてないぞというスタンスを見せるのも一興でしょう？　それなりに私は目立ちますし」

「レオナルド様は確かに目立ちますが……」

むしろ、目立ちすぎて人目を引きすぎる人である。

「こうしましょう。私が好きで好きで傷心のジュリアを口説き落としたと。それなら、私があなたに非常に甘くジュリアが多少ぎこちなくても、周囲も納得してくれますよ。今もそのような状況ですしね？」

言葉を重ねて詰め寄ってくるレオナルドに、ジュリアは押され気味になった。

ただでさえここ最近滅入《めい》っていて疲れている状態に、思ってもいなかった方向からの熱意に一気に侵食される。

確かに、悪い条件ではないと思ってしまった。

家庭をこれから築くであろう元彼にこっちはこっちでやっているぞとあえて見せつける気はないが、別れても幸せであると人伝てにでも知られるのはなんとなくすっとする気がした。

何より、ひとりでいる時に今頃はと思い出さずにいられる存在は、今のジュリアにとって魅力的でもある。

揺れる心にさらに追い討ちをかけるように、レオナルドが顔を近づけてくる。

「ジュリア。忘れられないというのなら、私を利用してください」

「利用、だなんて」

「私も煩わしい女性関係が楽になるのですからお互い様です。一緒に住むのですから、もろもろの条件はこれから決めていくのはどうでしょうか？」

なるほど。契約ならばそういった取り決めは大事だ。

レオナルドの口ぶりでは、女性関係についてほとぼりが冷めるまでは大人しくするつもりではあるのだろう。

お貴族様が愛人を作ることは一部ではステータスであると聞くし、そういう関係ではないのなら確かにちょうどいいかもしれない。

もし、離婚となった場合も、昨今、離婚や再婚が増えてきた平民であり、仕事が安定しているジュリアにとってはさほど痛手にはならない。

むしろ、白騎士様がお相手とあれば、周囲が勝手に推測して納得してくれるだろう。

「どうでしょう？」

もう一度問われ、アイリスの言葉や先ほど自分が考えたことが脳裏を過《よぎ》る。

じっと見つめられるなか、ジュリアは視界いっぱいにレオナルドを入れて観察した。

恋愛をする気はない。

だけど、忘れたくても忘れられない日々におかしなことを考えるくらいつらいのも事実であり、ひとりでいると思い出すことも多い。友人と過ごすだけでは埋まらず、とにかく、今がしんどくてしんどくて、どうにかしたかった。

それを考えると、レオナルドが提示してくれた条件は気負わずにいられるし、ジュリアにとってもちょうどいいと思えた。

そして、レオナルドの方は、縁談やら女性関係に辟易《へきえき》しており結婚をしたい事情がある。そのため平民であり国家資格、つまり国に認められた魔力のある薬師のジュリアがちょうどいいらしい。

この国の国家資格を持っている者は、ある意味、田舎の貧乏貴族よりもしっかりとした本人の身分が証《あか》立《し》てられて優遇されることもあるほど、貴重とされている。

家を継がない次男、三男あたりは騎士になり己で生計を立てようとする者も多いが、他家貴族の婿となる者も多い。

レオナルドの方は引く手あまたであり、選択肢はいくらでもありそうだが。

「レオナルド様は私でいいのでしょうか？」

「言ったでしょう？　ジュリアがちょうどいいのです」

再度、そう言われ安心する。

好きだからと言われるよりも、ちょうどいい。それが今のジュリアの心にはすっと入ってきた。

互いに、ちょうどいいのなら契約結婚も悪くないかもしれない。そう思える。

目の前には気品を備えた美しい姿顔立ち、色気を漂わせる甘いマスクは威圧感もなく見ているだけで目の保養。アイリスの言うイケメンである。

どうしてこんな人がとは思うけれど、互いに気持ちを預けるわけでもないし、確かにオリバーを忘れるにはこれくらい衝撃的でないといけないのかもしれない。

そんな相手ににこにこと笑みを浮かべながら、困ってるので引き受けてほしいとばかりに期待のこもった眼差《まなざ》しを向けられると、心が動く。

オリバーからお前は可愛げがない、ひとりでやっていけるだろと言われ傷ついたものが、そんな自分をたとえちょうどいいだとしても必要だと言ってくれる相手がいるだけで、救われるような気がした。

「前向きに検討します」

ジュリアの言葉を受けたレオナルドは、ふっ、と微笑み、覗き込むように身体を傾けると、するりとジュリアの金の髪を撫《な》で、そっと頬に触れた。

そのまま鼻と鼻が触れ合いそうなくらい近い位置で、艶やかな黒い瞳でジュリアを捉える。

「ええ。ぜひそうしてください。後悔はさせませんよ。必ず、あいつを忘れさせます」

頼もしい言葉とともに、やけに視線を熱く感じたのは気のせいだったに違いない。

ちょうどいい、というわりには力強い言葉に、いつの間にかジュリアは頷いていた。

第二章　アプローチ

明るい青が広がる空にゆるゆると雲が流れる穏やかな陽気のなか、黒に真紅の装飾が施された馬車が一台、王都ルクセンブリッドから第二都市ミュンセンに向けて走っていた。

街から外れ緑の景色が流れていくのを馬車に揺られながら眺めていたジュリアは、横にぴたりとくっつくように座るレオナルドの姿に視線をやる。

ジュリアが窓の外の景色を眺めていた間もこちらを見ていたらしいレオナルドは、視線が合うと艶のある黒の瞳をわずかに緩ませた。まるで慈しむような優しさが浮かぶ、その双眸に間近で直面したジュリアは動揺する。

ぱしぱしと瞬きを繰り返してもその視線は変わることなく、むしろさらに笑みを深めてジュリアを見てくる。ジュリアはそっと息をつくと、少しでもその視線から逃れようとわずかに顎を引いた。

今日のレオナルドの服装は、ベージュのトラウザーズに、襟はなくレックラインに帯状の布を付けた白のバンドカラーシャツと濃い緑のジャケット、磨かれた革靴。ネクタイを締めているわけでもなくラフさはあるのに隙がなく、レオナルドが着るととても洗練されて見えた。

その彼が小さく首を傾げると艶やかな髪がさらりと頬をかすめ、そんな小さな仕草さえもふわりと色気を漂わす相手にジュリアは心の中で苦笑した。

生まれ育ちが隠しきれない気品が漂う相手に、あまりにも穏やかな表情を向けられ、戸惑いながらジュリアは小さく口を開けた。

「そんなに見られると恥ずかしいのですが」

「ああ。申し訳ない。ジュリアがこんなにも近くにいるのがなんだか不思議で、見つめてしまいました」

小声で耳打ちされて、んぐっと息が詰まる。

「見つめっ。……えっと、プライベートな時間を一緒に過ごすこと自体初めてですので、私もレオナルド様とこうしているのは不思議な気分です」

「レオナルドと。ジュリアが慣れたらレオと呼んでいただけたら嬉しいです。仮にも結婚を見据えたデートですので」

とろけるような甘い瞳でジュリアを見つめささやく声は、直接耳朶《じだ》を震わせるような美しいテノールだ。

きらきらと輝く笑顔とともに期待のこもった眼差しを向けられ、ジュリアはこほんと咳をした。

「わかりました。レオナルド」

「敬称が取れるだけで、一気に距離が近くなったようで嬉しいです。早く愛称で呼んでいただけるように頑張りますね」

「うっ。そうですか。その、頑張られても困るというか」

眩《まばゆ》い笑顔で胸いっぱいで、それ以上に上乗せされても対応しきれる自信がない。それなのに、レオナルドはさも当然とばかりに鮮やかな笑顔で宣言した。

「どうしてでしょうか？　私はジュリアと結婚がしたい。ジュリアは前向きに検討中。でしたら、私はジュリアに私と結婚したいと思っていただけるようにアプローチしていかないといけませんので、少しでも距離を縮めようと思うのは当たり前でしょう」

「確かにそうなのですが」

ジュリアが消極的に頷くと、レオナルドはにこっと満足そうに笑みを浮かべた。

「わかっていただけたようで良かったです。是非、距離を縮めるためにも、協力していただけるとありがたいのですが。なるべく、ジュリアから良い返答をいただけるように私も精一杯努力いたします」

「……はい」

レオナルドの積極的な言動にジュリアは目眩《めまい》を覚えながら、小さく返事をした。

なぜ二人並んで馬車に乗っているのかというと、契約結婚の提案を受けたあの日、ジュリアが前向きに検討するためのプレゼンとして一日一緒に過ごそうと言われたからだ。

レオナルド曰《いわ》く、互いに仕事以外の話はしたことがないため、普段の姿を知ること、そして長時間一緒にいて相手をどう思うかも大事とのことだった。

人となりは互いにある程度知っているが、レオナルドの言う通りあくまで職場で知った互いの姿であり、さらにもう一歩踏み込んで具体的に想像して検討してほしいと言われた。

彼の言い分は現実的だと思うし、理解もできる。

だけど、家のことがあり、お見合いのことや女性関係が煩わしくて、ちょうどいい相手としてジュリアを選んだにしては、熱心なアプローチにジュリアはむずがゆさを抑えきれなかった。

「この日を本当に楽しみにしておりましたので、何もかもが新鮮で嬉しいです」

「まだ向かっている途中で、特に何もしておりませんが」

「ジュリアがいるだけで気分がいいですよ」

至極当然のように甘いセリフを吐かれ、ジュリアは思わず顔を赤らめた。見つめられる双眸も声も、すべてが甘く感じて仕方がない。

好感が伝わるような会話がプライベートで女性といる時のレオナルドの通常モードなのだろうが、それを自分に向けられると破壊力がすごい。お世辞だとわかっていても、言われて悪い気はせず、くすぐったい感情を持て余してしまう。

整った容姿や身分だけでなく、こうしたコミュニケーション力が次々と女性を魅了する理由なのだろうとジュリアは妙に納得した。

「本当、ほどほどでお願いします」

「ふふ。照れているのでしょうか。とても可愛いです」

覗き込むようにレオナルドが顔を近づけると、かすかに首を傾げて微笑む。

さらに柔らかく細められた双眸に温情のようなものがはっきり見え、こんなのを照れずに受け止められる人がいるのだろうかと、ジュリアはひくりと頬を引きつらせた。

「もうアプローチが始まってます？」

職場での清廉な空気と徹底した距離感との違いに、ジュリアは翻弄される。照れ隠しで憮然《ぶぜん》と告げると、ふふっと甘く笑われる。

「こんなのはアプローチのうちに入りませんよ。ただ、思ったことを伝えているだけですから」

やっぱり甘い。初《しょ》っ端《ぱな》から飛ばしすぎではないだろうかと、むずそわっとする気持ちの持って行き場に困ってジュリアは眉を寄せた。

その時、カタンッ、と音がしたと同時にふわっと小さく馬車が揺れた。

「わっ」

お尻の位置がわずかにずれ、体勢が崩れたジュリアは声を上げる。もう一度、カタカタンと馬車が揺れ、レオナルドの方に身体が傾きさらに密着することになった。

「大丈夫ですか？」

路面から車輪は数ミリ浮いており、振動はごくわずかなため異物に乗り上げてもそれほど衝撃はない。よほど大きな石か何かがあったのだろう。

「ええ。大丈夫です」

「また何かあってはいけませんし、あと少しですのでこのまま身体を預けていてください」

ジュリアの肩にそっと手を置き、独特の甘さを孕《はら》んだ様子でささやかれる。

その行動や声音は、まるで睦言《むつごと》をささやかれているようで、ジュリアの鼓動が一瞬高鳴った。

ごく自然に行われるそれらは、あまりにも心臓に悪い。レオナルドへの好意があれば一発で落ちるようなセリフや行動の数々に、心臓が慣れない動きをするのは止められなかった。

――なんか、とんでもない人とデートすることになったかも。

白騎士としての実力もさることながら、レオナルドの男性としての魅力を見せつけられ、ジュリアはしみじみと感心した。

それに加え、本人は何も言わないが、レオナルドの気遣いをあらゆるところに感じる。

契約結婚を前向きに考えるためのお試し段階なため、王都では人の目も気になるだろうと、デート先を王都ではなく馬車で一時間半ほどのところにある場所を選んでくれたことや、この馬車もそうだ。

長い歴史の中で培われた伝統を重んじる工房や店が数多いミュンセンは、若い人よりも年配の人に人気でゆったりした時間が流れる場所だ。

日常に疲れていたジュリアは、いつもと違う場所だということもそうだが、気持ちに余裕が出るような落ち着いた場所を選んでもらえたことが嬉しかった。

そしてそこに行くまでの馬車にも等級があり、上に行けば行くほど見た目も派手になり目立つ。

貴族であるレオナルドは、今乗っているものよりさらに等級の上のものを借りられただろうが、ジュリアが気疲れしない程度にと、移動時間も考えて程よい乗り心地のものを選んでくれたようだった。

　おかげで、気後れやこのデートでオリバーに会わないかなど気にせずに済んでいるし、じっと見つめられる以外は快適である。

「……ありがとうございます」

　アプローチと言いながらもそこは主張せずさりげなく気遣ってくれるレオナルドだからこそ、たまにむず痒《がゆ》い甘さに照れはするが心地よいのかもしれない。

　ジュリアが頷きそのまま身体を預けると、満足そうにレオナルドは目を細めた。


　到着の合図の鈴の音が鳴り、先に降りたレオナルドに掴まるようにと手を差し伸べられ、ジュリアはそっと手を重ねた。

　オリバー以外の男性の手の感触にはやはり慣れず、職業を知っているのに見た目以上に手のひらが硬いことに驚く。柔ではなく人を守るための仕事に従事しているとわかるその手は好ましく、ジュリアは完全に手を預けて宙に浮いた板に足をかけた。

　歩くたびにふわりとワンピースの裾が舞い、足元が見える。今日は一目惚《ひとめぼ》れして購入したセラドンのワンピースとボレロに白のブーツとカバンを合わせてきた。

直前まで茶色にするか迷っていたのだが思い切って白にして良かったと、私服姿を知っていても実際はその上を行く華やかな色気を放つ相手を前に思う。

目の前には王都よりも一つひとつが小さな石畳に、赤茶のレンガを積み重ねた建物が多く並ぶ街並みが広がる。レオナルドに腕を組むように促され腕を通すと、中心地の方へと向かってゆっくり足を進めた。

バゲットが軒先に並ぶパン屋の前を通り過ぎ、突き出し看板の時計のくねった針が異常な速さで回る時計屋の扉の前で、三毛猫が前脚を舐《な》めて毛づくろいをしている。

街の色合いが違うだけで随分雰囲気が変わり見ているだけで楽しくて、ジュリアはエスコートをされているのをいいことに視線を走らせて景観を楽しんだ。

「ジュリアは初めて来ると言ってましたよね。王都もいいですが、ここは落ち着いた時間の流れを感じていいですよね」

「ええ。情緒漂う感じがほっとします」

「見たいものや行きたい場所はありますか？　私は何度か来てますので今日はジュリアが寄りたいところに行きましょう。遠慮なく言ってください」

浮かれている様子をしっかり捉えていたレオナルドがくすりと微笑を浮かべ、ジュリアを見下ろす。はしゃぐ気持ちを見透かされ、温かく見守るような眼差しを向けられたことを恥ずかしく思いながら、気取ったところで仕方がないと、せっかくそう言ってくれるのならともう一度街の様子を眺めて考える。

さっきの三毛猫が路地裏の方へと駆けて行くのを姿が見えなくなるまで見送り、ジュリアは再びレオナルドの方へと向いた。

「レオナルドが嫌でなければ、せっかくなのでミュンセンのブティックを覗いてみたいです。あと、薬草を扱っている店はやっぱり行ってみたいと思います」

「薬草はジュリアらしいですね。ブティックは何か欲しいものがあるのですか？」

街が違えば置いてあるものも違う。こだわりの職人が多いこの街で、いいものがあれば買いたい、できれば見るだけでもと思っていたので、レオナルドの申し出はありがたい。

特にこの日に購入したいと思い浮かべていたわけではないけれど、なんとなく買わなければと思っている二つを挙げる。

「いいのがあればですけど、厚手のコートと黒のブーツが欲しいと思っています」

「もうじき少し気温が下がりますからね。今日の白のブーツもとてもお似合いですよ。あと、以前履いていた黒のブーツはどうされたのですか？　買い換えるほど傷んでいたようには見えませんでしたけど」

レオナルドのその言葉に、ジュリアは目を丸くして驚きまじまじと彼を見る。

「よく覚えておられますね？」

「控えめに見える可愛らしい色合いが、ジュリアに似合っていると思っていたので」

続いて、上品で穏やかな笑みを浮かべたレオナルドにそう言われ、次第にふわふわと気持ちが上がっていくまま口元が綻びそうになって、ジュリアは慌てて引き締めた。

たまたまでもなんでもジュリアをよく見ていたと、契約結婚を持ちかけるほどには以前から興味を示されていたと知れる言葉は普通に嬉しかった。

オリバーにばっさりと切り捨てられたことによって否定されたと感じる月日は、レオナルドの中には別の形で存在している。

それは当たり前のことで、レオナルドからしたら記憶の端っこに残っていただけの話をしたにすぎないのだろうけれど、すべてを否定されたような気持ちになりかけていたものを拾い上げられたような気分になった。

「ありがとうございます。あれは王都に来て最初の頃にオリバーにプレゼントしてもらったものなので、さすがに履く気にはなれなくて」

「ああ。そういうことですか。それはどうされたのですか?」

「本当は捨てようと思ったのですがためらってしまって。奥に仕舞い込んであります」

「なるほど」

そこで、レオナルドは思案するように、ほんの少し目を伏せた。

心なしか歩く速度がゆっくりとなり、ジュリアはあまり重く受け止めてほしくなくて、言い訳みたいになるけれど、と言葉を重ねる。

「未練がましいのか貧乏性なのか、王都に来た当日に惹《ひ》かれた靴だったというのもあって、これだけはどうしても思い切れなくて。他のものは大方処分してブーツも履かないのなら同じようにする方がすっきりするとはわかっているのですけど。……中途半端でダメですよね。取《と》り敢《あ》えず、黒は合わせやすくて便利なので手元に欲しいと思いまして」

オリバーとのことを思い出すのはつらいし納得しきれていないことも多く、時間が経《た》った今でも思った以上に言葉の刃の影響を受けていたことを感じたばかりだ。

だけど、すでに前を向こうと、彼を忘れて進むと決め、こうしてレオナルドとデートをしている。だからこそ、下手に気持ちを隠さず前に進んでいきたいことも含めて話した。

「ジュリア」

静かに聞いていたレオナルドが瞼を上げて、ぽつりと名を口にした。視線を上げると、ジュリアの憂いを覗き込むようにじっと見つめてくる。

レオナルドの黒の瞳は心が落ち着く静かな夜の空のようで、たまにちらちらと見える熱のような光は星屑《ほしくず》みたいに輝き、ジュリアは吸い寄せられるように見つめ返した。

「無理に捨てようとしなくても、捨てたい、もしくは気にせず履けると思った時に考えたらいいと思いますけど」

「そうでしょうか?」

「ええ。確かにオリバーとの思い出もあるかもしれません。ですが、ジュリアがそのブーツを捨てきれない理由は、王都で新生活を始める時の不安だったり期待だったりと、忘れられない初心の頃の気持ちがたくさんこもっているからではないでしょうか？」

レオナルドのそのセリフに、ジュリアは名前のつかない感情がこみ上げてきた。

確かに彼の言う通りかもしれないと、そうであってほしいといった希望も含めて、はっとさせられる。

「考えてもみなかったです」

「他のものは処分したとおっしゃっていたので、そのブーツには初めて王都にやって来た時の気持ちだとか、履いて頑張ってきたこととか、そういった大切な気持ちや思い出が詰まっているからジュリアにとっては特別なのですよ。だから、心が引っかかるうちは無理をしてどうこうする必要はないと思います」

少しでも早く忘れなければ、前を向かなければ、そのために自分なりに考えてきたつもりだった。付き合いが長かった分、オリバーとの思い出も多く、今まで積み上げてきたジュリア自身のこと、その過程にオリバーが存在するのは仕方がないことだ。

そのオリバーを忘れることは、それらの過程もすべて捨てて忘れなければといつしか思い込んでしまっていたのかもしれない。だから、年月のすべてを否定されてしまった気持ちになっていたのだろう。

すとん、と肩の力が抜けた気がした。

レオナルドのさりげなくも優しい言葉は、冷え切って硬くなっていた心をふわりと包み込んでくれるようだ。

「ありがとうございます。レオナルドの言う通り、気持ちの動くままにどうするか考えてみます」

ふっと息をついたジュリアを、レオナルドが慈しむように双眸を深めて微笑んだ。

「それがいいと思います。それとは別の話になるのですが、新しい生活を、気持ちをと思うのなら、私が贈ったものを履いてくださったら嬉しいです。プレゼントさせていただけますか？」

「でも、まだ検討中なのにプレゼントをいただくのは」

良い返事ができるとは限らないし、もらう理由がないと断ろうとすると、レオナルドはゆるく首を振ってジュリアの言葉を制した。

「ジュリアを口説き落としたいがためのアプローチだと思ってください。ゆっくりでいいのです。ジュリアの中に少しずつ私を入れてほしい。私が贈ったものを履く日が増えれば増えるほど、自然とオリバーではなく私のことを考える時間が増えるでしょう？　それは私の望むところなので」

「なんだか、私ばかり気にかけていただいていて申し訳ない気もしますが」

「ジュリアと一緒になることは見合いのことなど私にも利点はあるので、ジュリアは何も気にしないでください。ですが、そう感じていただけているなら嬉しいですね。私はジュリアと一緒にいるだけで十分なので、存分に甘えてください」

勘違いしそうになるほどまっすぐに見据える熱のこもった眼差しとともにそう告げられ、ジュリアは頬が熱くなった。

契約結婚前提の恋人ごっこ、そのための口説き文句だということがわかっていても、それはあまりにも甘く感じた。

❖　❖　❖

初めてのデートのあと、迷惑でなければ休みはできるだけ会いたい、ひとりにしたくない、アプローチの機会を少しでも多くとレオナルドに請われた。

家にひとりでいても塞ぐだけであるし、何よりレオナルドと過ごす時間は楽しかったので了承し、街外れの人気《ひとけ》がない場所でジュリアはレオナルドと会っていた。

「ジュリア。今日の装いも素敵です。ブーツも履いてくださっているのですね。似合ってますよ」

「ありがとうございます。履いていてもすごく楽なので、とっても気に入っています」

「それは良かった」

足を少し前に出すと見えるショートブーツは、靴底が藍色、ヒールの部分はこげ茶で、ベルトとブーツの素材が違い異なる黒。

職人が一から作り上げたブーツで、最終的にはジュリアの足に合わせて仕上げてもらったのでとても履き心地がよく、派手ではないけれど素材やデザインの一つひとつがとても品がよくお気に入りとなった。

これはレオナルドが先に見つけどうだと聞いてくれ、好みのものを言い当てられた驚きはあったけれど嬉しくて、似合うと勧められるままに買ってもらったものだ。

レオナルドは甘やかし上手というか、負担にならないように持っていくのが上手《うま》く、気づけば彼の言われるままに甘えてしまっているという現象が続き、その日一日が終わっていた。

なので、今回は合わせてもらうばかりではなく、少しでもレオナルドの人となりを知りたくて、ジュリアは自分から声をかけた。

「今日はレオナルドが行きたい場所に行きたいです」

「私のですか？」

「はい」

誘導されるように腕を組みながらジュリアが頷くと、レオナルドは考えるように長い睫毛を伏せた。わずかに首を傾げると、仕事の時は邪魔にならないようにセットされる黒髪がさらりと落ちる。

「では、この先に美味《おい》しいと評判の店がありますのでそこで食事をしたあと、前回話していた特殊ハーブの栽培に成功したという農園を見に行きませんか？」

「それはレオナルドが行きたい場所というよりは、私が行きたい場所になるのではないでしょうか？」

「ええ。ジュリアが喜んでくれる場所に私は行きたいですから、そこが私の行きたい場所です」

鮮やかな眩しい笑顔で宣言され、ジュリアはぴたりと歩くのをやめた。

王都の、特にオリバーの生活圏とかぶるようなところを避けて街外れを指定してくれたうえに、さらにジュリアの好む場所では、少しもレオナルドの好みが反映されているとは思えない。

「ですが、レオナルドにだって好みはありますよね？　できれば、一方に偏ることなく互いに楽しく過ごしたいと思うのですが」

「ありがとうございます。私のことを思ってくださってのことだとわかっていますが、今はジュリアのことを少しでも知りたいですし、ジュリアが楽しそうだと私はそれだけで楽しいですから。決して無理はしていませんし、一緒に過ごす時間が長くなれば私のことも知っていただけると思っていますので、私の提案が悪いものでなければ今日はそうしませんか？」

そこまで言われるとさすがに断れない。

言葉とともにショコラのように甘い声の主が、本当に無理をしていないかを確認するようにレオナルドをじっと見つめてみる。だが、穏やかに揺れる黒の双眸とにこっと上がる口角からは、そういった感情は一切感じ取れなかった。

「私は嬉しいので、レオナルドが良いのでしたらそれで」

「もちろんです」

満足そうな顔で頷かれ、ジュリアは呆《あき》れとともにほわっほわっと弾む気持ちに小さく笑いを漏らした。

レオナルドは丁寧だけど強引というか押しが強いと思うこともあるが、すべてがジュリアを思っての行動にどうしてもくすぐったさが残り、気持ちが高揚させられる。

結局その日も、ジュリアが楽しめるようにと気遣われたデートで、ジュリアも初めは申し訳ないと思っていたが、レオナルドも楽しそうにしてくれるので最後は自然と笑って楽しんでいた。

それからも食事を一緒にだとか、レオナルドは少しでも時間ができればジュリアを誘ってくれた。場所も知り合いに遭遇しない離れた所とそのたびに気を遣ってくれたので、それならと家に招待するようになってからは、頻繁にレオナルドはジュリアのもとに訪れた。

距離が近いと思うようなことはよくあったが、紳士的なレオナルドは必ず事前に連絡があり、夜遅くに訪れるようなこともなく、いつも同じような時間で帰って行った。

今では、レオナルドの好きな紅茶のブランドや豆類が苦手だということ、親しくなればたまに口調が崩れ、人と話す時は柔和に、職務の時は厳かで常に一定であるイメージであったが、意外と感情豊かであることを知った。

ちょっとずつ遠慮や緊張がなくなり、相変わらずの甘さにどぎまぎすることもあるが、レオナルドとの時間は楽しいものだった。

そうやって逢瀬を重ね、レオナルドに契約結婚を持ちかけられてから一カ月が経った。

高く澄んだ空には、小さな雲がびっしりと並んでいる。ひんやりとした空気に当たりながら、藍色のロングコートを羽織り、ジュリアは友人のアイリスと噴水広場の前を歩いていた。

虹広場と呼ばれるここは、文字通り噴水が時間によって色を変えることで有名だ。今はきらきらと空気を含んで紫の水が吹き上がっている。

アイリスにだけは、レオナルドから契約結婚の話を提案されていることを相談していた。

なんでも時間を掛ければ良いという問題でもなく、この一カ月で十分すぎるほどアプローチを受けたので、そろそろ返事を視野に考えなければと思っていた。

ジュリアもレオナルドとならひとつ屋根の下で一緒に過ごすこともできる、むしろ居心地のよい関係を築き上げていけるのではと気持ちは傾いている。

スイーツが美味しいと評判のカフェに入り、根掘り葉掘りという言葉が当てはまるほどあれこれ喋《しゃべ》らされた。話していくことで気づかなかった自分の気持ちが見えたり、固まったりと前向きな気持ちが強くなって、心が軽やかになっていった。

店を出たあともにこやかに笑っていたアイリスに合わせてジュリアも話していたが、急にアイリスは顔をしかめ、立ち止まる。

せっかくの美人が台無しというほど険しい顔に、ジュリアはアイリスの視線の先をたどり、しんなりと眉を寄せた。

オリバーは白のふわふわとしたコートを着た女性を伴っており、近くで見たことはないがこげ茶色の髪だというのは知っていたので彼女が飲み屋のサラなのだろう。

道路を挟んで距離があるにもかかわらず、サラは何かを察したのかこちらを向いた。

しかも、オリバーは自分たちに気づいていなそうだったが、ジュリアたちに気づいたサラは唇を引いてにこっと勝ち誇ったような笑みを浮かべてみせる。

それは確実にジュリアが元カノだということをわかって、選ばれた女としてジュリアを見下しているような表情に見えた。

「なにあの女、すっごくムカつく。性格悪っ」

アイリスが、んべっと舌を出す。

「あれって、やっぱりマウントかな？」

「やっぱりていうか、絶対そうでしょう。やばいって」

アイリスも怒るくらいわかりやすい挑発で、目の前で見せつけるかのようにオリバーの腕に顔をつけ、甘えるように耳打ちする姿にすごく嫌な気分になった。

サラとは会ったことがないはずだが、相手は自分のことを認識していてのその態度。非常に気分が悪いし、そんな女性にオリバーがなびいたという事実は、未練とか以前に普通にショックだった。

「うわー。まだこっち見てる。めっちゃ嫌な女だよね。もう、見てらんない。ジュリア、行こう」

「そうね」

ぷんぷんとそのあとも怒ってくれるアイリスのおかげで、気持ちはなんとか立て直せたが、どこか憂鬱な気分のまま、その夜、レオナルドと会った。

契約結婚についてしっかり話し合おうと思っていた矢先の出来事に、少し気落ちしていたジュリアに気づいたレオナルドが、そばに立つとそっとジュリアの頬に触れた。

「今日はご友人と久しぶりに会うと楽しみにしていたのに、元気がないように見えますがどうしたのですか？」

心配するように覗き込まれ、するりと頬を親指でさすられる。

故郷の夜を思わせる黒い瞳にじっと見つめられると、すべてを包んでくれるような安心感を覚え、すっと力が抜けていくのを感じた。

「せっかく時間を作っていただいているのに、すみません」

めちゃくちゃ落ち込んでいるつもりもなく、ただちょっと嫌な気分を引きずっているだけなのだが、すぐ察してくれる人がいるだけでわずかに気持ちが浮上する。

契約結婚を見据えた付き合いであるが、自分たちの関係は友人以上恋人未満と確かな絆《きずな》ができつつあるように思えた。

常に気にかけてくれている相手に誠実でありたくて、ジュリアは今日の出来事とともに契約結婚について本格的に話し合おうと思っていたことも含めて語った。

ジュリアが話し終えると、必要最低限の相槌だけで話を聞いていたレオナルドは数瞬沈黙し、大きく息を吐き出した。

「レオナルド？」

「いえ。彼らには思うところがありますがそれよりも。――ジュリア」

低く凛とした声で名を呼ばれ、ぴくっと肩を揺らしてレオナルドを見上げる。その場の空気が一転して重いものとなったのを肌で感じ、ジュリアは呼吸を整えて返事した。

「はい」

「これ以上彼に心を惑わせてほしくありません。私と結婚しましょう」

「……レオナルド」

これまで驚くほどの熱心なアプローチを受けてはいたが、ジュリアの気持ちを尊重して、レオナルドは決して返事を急かすようなことはなかった。

そのせいかレオナルドの口から久しぶりに出た結婚という言葉に、とくん、とジュリアの胸が高鳴りざわついた。視野に入れてはいても、本人から改めて言われると言葉に重みが増す。

レオナルドは身を屈《かが》めると、燃えるような瞳でまじまじとジュリアを見つめ、独特の甘さを含んだ美声でささやいた。

「これ以上オリバーとのことで傷つくジュリアを見たくありません。話を聞いていると、ジュリアも私との結婚に、気持ちは傾いていると見受けられました。なので、私の手を取っていただけませんか」

「ですが」

「私はジュリアと結婚したいです。私と一緒に幸せになりましょう」

ストレートな言葉に、ジュリアは顔が赤らむのを止められなかった。

答えて、とばかりに甘くささやかれさらに端整な顔が近づく。吐息さえ触れるほどの距離と、妙な威圧感とともにとくとくと早くなる心音を感じながら、ジュリアは小さく頷いた。

「その、いつも気持ちを慮《おもんぱか》ってくださっているレオナルドに応えたいのは本当です。ただ、今日のオリバーとのことがあったのも影響して、余計にレオナルドの存在に甘えたい気持ちが強くなった気もしています。そんな状態で決めてしまっていいのかとやっぱり悩んでしまいますが、それでも私をとレオナルドが望むのであればとは思います」

「もちろんですよ。私はジュリア以外考えられませんので、何が起因していたとしても私を選んでくれるのならそれでいいのです」

きっぱりと告げられて、憂うように伏せていた瞼をジュリアは上げた。

柔らかな言葉とは反対に、レオナルドの穏やかに見えて熾火《おきび》のように静かに燃え熱を孕んだ双眸に視線が釘付《くぎづ》けになる。

レオナルドはジュリアの両手を握ると、片膝をついてジュリアを見上げた。

「ジュリア。私と結婚してください」

改めて言葉にされるとなんだか照れくさく、不安と期待が一気にこみ上げてきて言葉を撤回したくなったが、真摯な瞳に見つめられてとどまる。

必要とされる喜びが、ジュリアの心を癒やす。

偽りの結婚だけれど、これほど熱心に求めてくれるレオナルドとなら、この先何かあったとしても受け入れることを選択したことに後悔はしないと思った。

「はい」

全く消えることがないのだと思わせる芯から燃えるような熱を交えた、懇願と不安が入り混じった黒瞳を見つめ返しながらジュリアが頷くと、口説いていたはずのレオナルドが驚いたように目を見開いた。

「本当ですか？」

「はい。レオナルドが望む限り」

「本当に？」

「本当に」

こくりと頷くと、レオナルドは小さく口を引き結んだが、ジュリアの見ている目の前でゆるゆるとその口元が綻んでいった。

「もう撤回できませんよ？　いいですね？」

「はい。決めました」

何度も念を押され、じっと見つめられ、ジュリアはそのたびに頷いた。

実際にレオナルドがジュリアの検討期間をどれくらい見積もっていたのかは知らないが、あまりの確認のしつこさにジュリアは思わず笑ってしまう。

契約だからこそ考えようとは思ったが、契約結婚ということ自体に迷いや不安はあった。

だけど、どんな形であれ必要とされているのならもういいだろう。それにあれだけ積極的であったのに何度も信じられないと確認してくる姿はなんだか可愛らしくて、こんな姿を見せてくれるなら受け入れて良かったと密かに思う。

「……本当なんですね」

「わっ」

噛みしめるようにレオナルドは呟《つぶや》くと立ち上がり、腰を抱き上げられて驚くジュリアの額に自らの額をこつんと合わせてくる。

「嬉しいです。これからジュリアとずっと一緒にいられるのですね」

鼻と鼻を触れ合わせ、満面の笑みで喜ぶ姿に、ふわふわと優しい気持ちになってジュリアもつられて笑った。

「ええ。これからいろいろ決めていかないといけませんね」

「はい。まずは二人で住む家を決めて、互いの両親に挨拶も。そのあとはすぐに籍を入れましょう。両親との時間が合わなければ、連絡だけして先にという手もあります。そうですね。できるだけすぐに入れたいので、次の休みに届けに行きましょう」

「レオナルド。落ち着いてください。慌てなくても、両親に挨拶をしてからでいいのではないでしょうか？」

「……順序としてはそうなのですが、ジュリアが心変わりしないうちに籍を入れてしまいたいです」

「そんな心配はいりませんから。これから時間はあるのですから、じっくりと決めていきましょう」

「ああ、すみません。嬉しすぎて少し気持ちが急いてしまいました。じっくりとですね。前にも言いましたが、後悔はさせませんから」

レオナルドはぱっと表情を明るくし、じっくりと言った言葉が気に入ったのか、繰り返す際にふよっと口元を綻ばせた。

思わずといったふいに浮かんだ今まで見てきたどの表情とも違うそれに、ジュリアは目が離せなくなった。

普段は色気や頼もしさといった大人の男性が全面に出ている人の、喜びを抑えきれないとばかりの姿にとくんとわずかに胸が高鳴る。

この先への不安がその姿だけでさらに小さくなり、契約結婚も悪くないかもしれないと楽しみになってきた。

「よろしくお願いします」

「必ず、ジュリアを幸せにします」

熱っぽくささやかれ、額に、瞼に親愛の口づけを落とされ、さらに強く抱き締められたジュリアは、しばらくレオナルドの抱擁から抜け出せなかった。

第三章　二人のかたち

国の南部に位置する王都の冬は雪が降るほど冷えることは滅多《めった》になく、期間も一カ月ほどとても短い。ただ、今日は昨晩からとても冷え込み、もしかして数年ぶりに雪が降るのではと思えるくらい寒い日だった。

朝の冷たい空気とともにやってきたレオナルドを出迎えたジュリアは、ダークグリーンのコートを預かりハンガーにかけ、彼のために温かい飲み物を用意しようと魔道具コンロの上にケトルを置き、シューシューと音を立てて湯を沸かしながら話を聞いていた。

昼からはレオナルドの両親に結婚の挨拶をしに行く予定だ。すでに報告は済んでいて特に反対はないと聞いてはいるが、とても緊張して昨夜から落ち着かなかった。

ジュリアの両親にも結婚することは連絡済みであり、こちらは遠いこともあって次の休みにと予定している。

沸騰したので火を止めティーカップを出そうと棚に手を伸ばすと、それよりも先に後ろから長い腕が目的のものをさらっていった。

「これでしょう?」

「ええ。ありがとうございます」

結婚を承諾してからも正式に婚姻関係を結ぶまではオリバーとサラの噂もあることから、自分たちは静かに進めようと、隠しはしないが大っぴらにすることは控えようと話していた。

そのため外で会うよりは都合が良いと、レオナルドとはこの部屋で会うことも多く、彼が部屋に訪れる回数が増えるごとにレオナルドのさりげない気遣いもまた増えていた。

二人とも一日休みが重なる日は貴重で、この日はいろいろ付き合ってほしいと言われ朝から会っている。

「家も何件か候補を見つけてきました。外観や内装も大事ですが、セキュリティー面も外せません。そこから厳選したら絞られてきましたので、一度、内見しに行きましょう」

「ええ。是非。任せきりですみません。いろいろありがとうございます」

「いいえ。友人が取り扱っている物件なので様々な情報とともに判断できるという利点もあり融通も利きますし、大した労力はありませんから。もちろんどれもキッチンは広めです」

レオナルドは顔が広いので、ジュリアは下手に手出しをせず彼に部屋探しを任せることにしている。

家のこともそうだが、家具も懇意にしている店があるとかで、ジュリアは譲れない要望を伝えるだけであっという間に形が見えてきた。

王都には腕のいい一級建築魔法士がいるので、購入物件だと自分たちの要望に合わせて多少の間取りも変えることができ、場所さえ決まれば好きにカスタマイズができる。

レオナルドは家を出たとはいえ伯爵家の次男であり、白騎士の第二隊副隊長。住む場所や家具などの持ち物もある一定の基準は満たさないといけないことくらいは想像がつく。

その辺の事情などに詳しくないジュリアとしては、広めのキッチンや寝る場所に衣服をしまうクローゼットがあり動線がしっかりしていること、できれば小さくても薬草を育てる場所があれば嬉しいということを伝えており、それらを踏まえてレオナルドが着々と準備を進めていた。

挽《ひ》いた豆に沸騰した湯を注ぎ、馥郁《ふくいく》たる香りと白い湯気を立ち上げるカップをレオナルドの前に置き、ジュリアは周囲を見回した。

この部屋を引っ越そうと思ってからレオナルドと出会い、そして今に至るまではあっという間で、あの時はオリバーを忘れたいと思う気持ちが強かったが、今は早く出たいというよりは新居への期待の方が勝っていた。

「どんなところか楽しみです」

軽くなっている気持ちや、純粋に新しいことへの期待から気負いなくそう言えることが嬉しい。それをもたらしてくれたレオナルドには感謝である。

ジュリアが微笑むと、ジュリアが笑っていることが嬉しいとばかりにレオナルドは笑みを深めた。自分が笑うとそれを見て笑うとか、契約とはいえ大事に思われていると感じてなんだかくすぐったい。

カップに口をつけると、艶やかな藍色がかった黒髪が緩やかに流れる。ひとくちコクリと嚥下《えんげ》すると、レオナルドは腕を前に出しジュリアの両手を握ってきた。

「今日の予定なのですが、両親のところに寄る前に指輪を買いに行きましょう。こちらで用意をしようかとも思ったのですが、ずっと身につけるものですし二人で選んで納得するものがいいかと思いまして」

「指輪ですか？　必要はない気もしますが」

結婚して必ず指輪をしている人たちばかりではないし、職業柄つけない人も多い。

しかも、私たちは契約結婚。家のことや家具のこと、大半が世話になることが決まっているのに、どちらかというと娯楽の部類に入る出費をさせるのは申し訳なくてそう告げると、レオナルドは静かに首を振った。

掴んでいたジュリアの左手薬指の付け根あたりを親指と人差し指でくるりと円を描くように何度もなぞると、レオナルドは上目遣いでどこか悲しそうな声で訴えた。

「ジュリ。それはひどいです」

「ひどい？」

思ってもいない反論にジュリアがぽつっと同じ言葉を口に乗せると、レオナルドは苦笑いした。

それからジュリアの薬指を掴むと、ぎゅっと眉を寄せた。

「そうですよ。私たちの結婚はジュリが未練なんてないぞと周囲に思わせるため、私はお見合いなどの煩わしさから逃れるためという理由もあって、互いに想い合っていることを見せるということが前提でしたね？」

「はい」

確かにそういう話をしていたと頷くと、レオナルドは続ける。

「私が好きで好きで傷心のあなたを口説き落としたということにしよう、とも話しましたよね？」

「そうですね」

有言実行のレオナルドはまさにそのように動いており、結婚することを報告したジュリアの周りはそれを信じて疑わない人たちばかりだ。

それもどうなのかなぁとは思いながら、すでに実行済みであったので頷くと、レオナルドの瞳がきらりと輝く。

「私はあなたが好きなのですから、縛っておきたい、自分のものだという証を他人が見てわかるように見せつけたいと思ってもなんら不思議ではありませんよね？　むしろごく自然な感情だと思いますし、指輪を贈らないなんて考えられません」

契約や設定という言葉が抜けているせいで、本気でジュリアを思っていると勘違いしてしまいそうなセリフの数々に、ジュリアは苦笑する。

見惚《みと》れてしまうほどの端整な顔立ちが真剣な表情で切々と訴えてくる様に、やっかいな人だなと思う。

「レオナルドの言い分もわかりますが、高価なものにお金をかけるのはやはりもったいないのでは？」

「いいえ。ジュリが身につけるものにもったいないものなんてありません。私たちは結婚するのです。その証として形から入るのも大事ですから」

「かたちから……」

堂々と言い切るレオナルドの言わんとすることはわかるのだが、考えてもいなかった提案についていけず、ただ同じ音を発音しただけになった。

レオナルドは静かに頷き、手を包み込むように重ねてきた。

「そうです。じっくりと時間をかけるというのならそういうのも大事ですよ。それとレオと呼んでくださいと言ったでしょう？」

「あっ。すみません。慣れなくて」

さらっと注意を受けてジュリアは詫《わ》びたが、レオナルドはそれもだと話を続けた。

「周囲にも入る隙がないと思ってもらえるようにする必要がありますから。それでいくと、愛称呼びもですが結婚指輪もわかりやすく自然なアイテムだと思いませんか？」

「……確かにそうですね」

「ですから、ジュリは私をレオと呼ぶこと、そして指輪を受け取ることは必須です。実はもう予約を入れてあるんです。他に誰もいませんのでじっくり私たちだけで選ぶことができますよ」

本日二度目のじっくりを強調し、レオナルドは指を絡めるように繋ぎ直しながら、肌を粟立《あわだ》たせるような艶やかな色気を滲《にじ》ませ笑顔で宣言した。

ジュリアはその表情に、見惚れるというよりは呆然《ぼうぜん》とした。

よくよく考えると、最初から指輪を買いに行くと言っていた。断られることを視野に入れつつも、もし頑《かたく》なに賛同しなければ、最終手段として店に予約していることを持ち出せばジュリアは頷かないわけにもいかないし、結局はレオナルドの思う通りなのだ。

「ふっ……」

そう考えると、なんだか笑いがこみ上げてきた。

甘えるように手を繋がれ訴えるレオナルドのその姿は、子供が決めたことを頑として譲らずゴリ押ししてやろうとしながらも、いいよと許しを得たうえがいいと機嫌をうかがうようにも見える。

ただ、大人として知恵と実行するための有効的な力を持っている分ずるい。

だけど、自分とのことで必死になってくれる姿というのは憎めなくて、結局は彼の望む通りにと、そしてジュリアもそんなレオナルドに甘えてしまう。

「なんで笑うのですか？」

「だって、もうそこまで準備されていたら否も応もないなと思って」

「いや、ですか？」

こてん、と不安そうに首を傾ける姿に、ジュリアは目を細めた。なんだか捨てられた犬みたいに寂しげで、ここで頷かないとくんくんと鳴いてしまいそうに見えた。

「いいえ。必要性は伝わりましたし、この際、素敵なものを選びたいなと思いました」

そう伝えると、レオナルドはぱっと顔を輝かせた。

「ええ。是非、私たちらしい納得のいく素敵なものを見つけましょう」

力一杯頷き嬉しそうに笑うレオナルドを見て、ジュリアも自然と笑みを浮かべる。

たまに覗かせるその可愛い姿に、カップから出る湯気のようにふわりと優しく温かい気持ちがジュリアの心をくすぐった。


数時間後。

レオナルドの両親、そして兄との挨拶を無事に終え、ジュリアたちは王都にある伯爵家を出た。

冷たい風が頬を打つが、大きな行事をやり終えた満足感がありそこまで寒さは感じない。

「とても緊張しましたが、結婚を認めてもらえて良かったです」

屋敷を出るや否や手を取られ、ポケットに入れられ繋がれる。身体を密着させた状態で歩きながら、ジュリアはレオナルドを見上げた。

レオナルドは白い息を吐きながら、彼の周囲は春でも来たのかと思うほど陽だまりのような暖かな微笑みを浮かべジュリアを見つめた。ついでとばかりに、ポケットの中の手を優しく撫でられ、指を絡めるように繋ぎ直される。

「お疲れ様です。反対するわけがありませんし、もし反対されても説得する自信はありましたから無用な心配です」

「不自然ではなかったでしょうか？」

まだ肩の力が抜けきらず、ジュリアはゆっくりと息を吸った。頼もしい手の温《ぬく》もりに、自らもすりつけるように指に力を込め、さらに返される強さにほっと息をつく。

「ええ。完璧です。ジュリが照れた姿も可愛かったですし、家族には私がジュリにベタ惚れということは伝わったと思いますよ」

「それですが、ご両親の前であそこまでしなくても」

仲が良いことを周囲に見せなければとジュリアなりに話を合わせはしたが、両親の前で口説いているのではと思うほど、レオナルドの言葉は常に力強く甘かった。

ジュリアのことが愛《いと》おしくて仕方がなく、ようやく手に入れることができて他には目が向かないことをレオナルドは強調し、結婚できることの喜びを恥じらいもなく堂々と語っていた。

礼儀正しくあろうとこの日に臨んだのだが、予想より斜め上のレオナルドの対応に、ジュリアは顔が赤くなるのを止められなかった。今、思い出しても顔が火照《ほて》る。

そんなジュリアをよそに、レオナルドはすりっとジュリアの頭に頬を擦りつけ、本当に愛おしいのだとばかりの熱の灯《とも》った瞳でジュリアを見つめてきた。

結婚を承諾してから一層熱っぽくなった対応は二人きりでも人がいても変わらずで、むしろ日ごとに増してきているように思える。

「まだ語り足りないくらいですが止められましたしね。当初の目的は果たせましたし、両親もそして兄も安心したと思います」

「それなら良かったのですが、身分がある方はいろいろしがらみがあると聞きますし、あっさりと許可をいただけたこと、むしろ歓迎していただいたのには驚きました」

「派閥の違う貴族、下位で実力のない貴族や、高位貴族との婚姻だといろいろ問題が出てきますからね。ジュリアが国家薬師の資格を持っていることは、両親や兄にとって納得できる要因であり、身分あるややこしい相手と結婚するよりは次男ですからちょうど良かったのです。そのうえ、こんなに可愛くて聡明《そうめい》とあれば反対なんてしませんよ」

国に認められた国家薬師という肩書きが、実際に世間に、貴族にも通用することを実感したのだが、よく考えれば、国が、王が認めた資格を持つ者を冷遇するのは、身分を重んじるのと同様に貴族にとっては考えられないことなのかもしれない。

そして、円満だということを見せる相手もいないのに、またさらりと褒められた。

職場だけの付き合いではわからなかったレオナルドのこの甘さは、彼の通常装備だと思うようにしているが、言われる方はしっかり耳に拾ってしまうし心は反応してしまう。

お世辞やコミュニケーションの一種だと認識していても嬉しくなるし、それがあまりにさりげなく頻繁なので、時々本気で言っているのではと勘違いをしてしまいそうになるくらいだ。

いちいち反応していてはこちらの心臓がもたないと密かに苦笑していると、それはもう晴れやかな顔で次の展望を語り、まったなしでレオナルドは話を進めていく。

「次の休みにジュリアの両親に挨拶をすれば、籍を入れることができます。指輪も無事決まりましたし、あとは私たちのルールをしっかりと決めないといけませんね」

「契約の？」

最初にルールの話があったなと確認すると、繋がれたレオナルドの手がぴくっと硬直し、ややあってからとんっとジュリアの腕に身体をぶつけるように寄せてきた。

「……円満に過ごすためには互いに望むことを伝え合うというのも大事ですし、年月とともに次第に変わっていくこともあるとは思いますが、私たちのスタートは特殊なので最初に最低限のことを決めておくのは大事かと」

「確かにそうですね」

もっともな意見に賛同すると、レオナルドはそこで歩みを止めジュリアの前に立った。

「ずっと仲良く暮らしていけるよう、いろいろ整えていきましょう」

「はい。よろしくお願いします」

じっと見つめられながらその朗らかで期待に満ちた声を聞いていると、どんな形であれ自分たちが満足していたらそれでいいのだと思えてくる。

ジュリアの気持ちまで晴れやかになり、つられて表情が緩んでいくのが自分でもわかった。

また歩き出しながら、思い出したようにきゅっと指の力を入れられる。その左手が入っているレオナルドのコートのポケットを見て、ジュリアは口を開いた。

「指輪も素敵なものをありがとうございます」

「いい付与魔法も付けられましたし、さりげなく二人の色も入っていて非常に満足です。出来上がりが楽しみですね」

「ええ。とっても楽しみです」

入籍するまでに、指輪は仕上げてもらうように頼んであった。

プラチナのリングにダイヤと魔法石をはめた見た目はシンプルなものだが、リングの後ろ側に黒と金のラインが絡まるようなデザインがあしらわれており、指にはめると見えないが、レオナルドは仕事の時は首に通すと言っていたので内側も凝っているそれがいいと二人で決めた。

購入先は、扱っている宝石が一級品で、小さな石に魔法付与できる腕のいい専属の付与魔法士がいるマニフルアリー宝石店。

自分たちの指輪は、定番の汚れ防止の輝き持続魔法などを含め、互いの色を好きなように反映させたものをつけてもらう予定だ。付与魔法の色味は、宝石の硬質な輝きとはまた違った独特の光を放ち美しい。

最終的にいくらになったのだろうと値段が気になる高い買い物であったが、ジュリアも身につけること、そして嬉しそうに贈ってくれるレオナルドとのお揃《そろ》いの指輪は楽しみになっていた。

そして次の休日、予定通りにジュリアの実家にも挨拶に行き、オリバーとのことを知っている両親は複雑そうではあったが、最終的には祝福してくれた。

挨拶を済ませ次の日の昼前に王都に戻ると、その足で指輪を受け取りに行き、善は急げとばかりにそのまま婚姻届を役所に出し入籍した。

それまでに家も決め大きな家具や必需品は搬送済みであり、この日に合わせてそれぞれの荷物も配達するように手配していたため、入籍と同時に二人の生活が始まる。

扉に二人の魔力を登録し、今まで住んでいた部屋の五倍ほどある広い間取り、淡いクリーム色の壁に塗られた新居にレオナルドとともに夫婦となって初めて足を踏み入れた。

新たな生活が始まること、これからずっとレオナルドと一緒なのだということに緊張しながらも、友人と過ごすような穏やかな時間になるのだろうと期待を寄せていたジュリアの、想定外な契約結婚の始まりとなった。

第四章　甘い契約

ダークブラウンの床板にクリーム色の壁、高い天井と広々とした新居に合わせて家具は新しく揃え、ゆったりと落ち着いた空間が出来上がっていた。

すぐに必要となる個人的なものを片付け終えると、ジュリアはリビングに呼ばれて彼の前に立った。ぱち、ぱちっと暖炉の薪が爆《は》ぜる音が聞こえる静かな部屋で、互いに向かい合い見つめ合う。

レオナルドの手には、本日受け取ってきた金のリボンをかけられた指輪のケース。何が行われるのかわかったジュリアは、姿勢を正してレオナルドを見上げた。

「ジュリ、左手を出してください」

レオナルドは床に跪《ひざまず》き手を差し出し、穏やかな笑みを浮かべながら暖炉の火のように熱を孕んだ双眸でジュリアを見た。

深く清らかなのに底が知れないその黒の瞳に、視線が吸い寄せられる。心構えをしていても、なんだか妙に緊張してしまい息を呑む。

自分たちの場所。空間。何もかもが目新しく、匂いも気配も溶け込みきれず、唯一ここで自分に馴染んでいるのはレオナルドだけという妙な感覚に、とくとくとくと鼓動が速くなった。

ふうっと息を吐き出し、彼の手に自らの手をそろそろと重ねた。自分とそう変わらない手の温もりに、ほっとする。

レオナルドは恭しくジュリアの左手を上げると、箱から取り出した指輪を薬指にすべらせ、その上から願いを込めるようにそっと唇を押しつけた。

金属の冷たい感触と、今まで何もなかった指にかかるその小さな重み、彼の吐息に目を細める。

「私にもつけてください」

同じようにしてと指輪を渡され、ジュリアもレオナルドの長い指にすべらせた。

指輪がはまってもいっこうに引く様子のない手からそっと視線を上げると、期待に満ち潤んで見える双眸とかち合う。

少しためらいながら、ジュリアも仲良く暮らしていけますように、と願いを込めて唇を落とした。

「ありがとうございます」

顔を上げそっと大きな手を離すと、レオナルドがゆるっと口元を綻ばせ、ジュリアが口づけた指輪の上に自分の唇を触れさせた。

まるで息を吸うような自然な動作だったが、それに気づいたジュリアは顔を赤くさせた。

気恥ずかしくて見ていられず視線を揺らすジュリアとは反対に、ふわふわと柔らかな温もりが灯る双眸とともに喜色を浮かべたレオナルドは、左手でジュリアの手を互いに指輪が見える角度で握ってくる。

宝石の数は違うが、ペアだとわかるきらきらと輝くダイヤと二人の瞳の色が混ざり合った唯一となる深緑色の付与石が、この指輪同様自分たちも世間では対となる夫婦であることを示していた。

形から、そう言われて用意してもらった指輪だったけれど、実際に揃うと感慨深く感動に似たものが、レオナルドから伝わる熱とともに押し上げてきて眦が潤んだ。

ここに至るまで、本当にいろいろあった。

今でも思い出すと胸が苦しく痛むことはあるけれど、捨てて、遮断して、忘れたいと思っていた過去が、レオナルドと過ごすようになってからはいつの間にか少しだけ遠いものになったと思う。

彼の、レオナルドのおかげ。

単純に忙しさや変わる環境に考える機会が減っていただけなのかもしれないが、そうすることが必要なほど落ち込んでいたジュリアにとって、レオナルドの存在はとてもありがたいものだった。

「レオがそばにいてくれて良かったです。改めて、これからもよろしくお願いします」

ジュリアは眦を緩めながら、感謝の言葉を告げた。

するとさらに笑みを深めたレオナルドは、握っていた手をくすぐるように撫で、右手でジュリアの長い髪を耳にかけると、そのまま頬を指の腹でそっとさする。

するり、するりと何度も撫でられて、どういった対応をしていいのか戸惑うジュリアを、レオナルドは慈しみに満ちた熱っぽい双眸で見つめてくる。

「レオ？」

あまりにも気まずくてジュリアが名を呼ぶと、レオナルドは名を呼ばれて嬉しいとばかりに口角を上げた。

ゆっくりと滑らせるようにジュリアの頬をもうひと撫でするると、耳に吹き込むようにささやく。

「ジュリ、大事にします」

その際に、わずかに頬と耳に唇がかすめていく。

耳朶に響く甘い声と触れる唇の柔らかな感触、何よりジュリと呼ぶ声音が今までと違い、心の柔らかなところまで響くように重甘いことに、ジュリアはぞくりと肌を粟立たせた。

熱っぽさが抜けきらないままソファに移動し、腰を抱くようにレオナルドの横に座らされ、ジュリアは妙な緊張感に肩を強張《こわば》らせる。

「あの、レオ」

「無事この日を迎えることができて良かったです。どうかしましたか？　ジュリ」

愛称で呼び合うことにはすっかり慣れた、というか慣らされた。

意外と距離感が近い人であることは知っているし、手を繋いだり、腕を組んだり、気持ちが高ぶると抱き上げられ親愛のキスなどのスキンシップもそこそこある。

だけど、昨晩一緒の部屋に泊まった時はそれぞれのベッドで寝て、そういった空気になることはなかった。ジュリアの部屋に訪ねてくる時もそれ以上のスキンシップはないし、部屋では横に座ることはなく対面で適度な距離感はあった。

戸惑いながら横に陣取る契約上の夫となったレオナルドを見ると、目元を甘くとろけさせた双眸が、いつも以上に熱を帯びてこちらを見ていた。

触れる体温と今までとは違うと感じる距離感。何より、先ほどから感じる甘く重い空気に首を傾げたくなるほどの違和感を覚える。

「そうですね。それよりもちょっと近いかなぁって……」

身体全体で真横にぴとりと距離を詰めたレオナルドに腰に添えられたままの腕は、今日みたいな日はどうしても意識してしまう。レオナルドの熱が心臓に移ったのではないかと思うほど熱くなったような気がして、ジュリアの目は動揺に揺れた。

かすかな不安を滲ませたジュリアに対して、レオナルドは見惚れるような笑みを刻むと、こつりと頭を寄せ、指輪がはまった左手をぎゅっと握ってきた。

腰に回った右手にちらりとジュリアが視線を向けたことに気づいているはずなのに、レオナルドはさらに身体を預けるように近づけてくる。

彼の艶やかな青みがかった黒髪が、ジュリアの金の髪の上に重なった。

「ジュリ、私たちは夫婦となりました。ですよね？」

小さく首を傾げ、ん、と平常通りの穏やかな笑みを浮かべるレオナルド。たったそれだけなのに、口元のほくろと熱っぽい潤んだ瞳がやけに色っぽくて、知らない男性のように映った。

慣れてわかってきたと思っていたら、また知らない部分を見せつけられたようで、ジュリアの鼓動は先ほどから乱れて落ち着かない。

「……はい」

小さく頷くと、定まらない視線や赤くなった頬を見て、レオナルドがくすりと笑いさらに近づいて顔を覗き込んでくる。

レオナルドが作り出す妙な空気に引っ張られ、ジュリアは耳まで熱くなるのを感じた。

「でしたら、こうしたスキンシップは何も変ではありませんよね？」

「変で、はないですね」

にこっと微笑み、さも当然とばかりに告げるレオナルドの勢いに呑まれて頷くと、レオナルドは口元に笑みを貼りつけながら、怖いほど真剣な眼差しで言葉を重ねてくる。

「ええ。私たちは夫婦となったのですから、周囲から怪しまれないよう普段からこうした距離感でいることが大事だと思うのです」

「そう、でしょうか？」

ジュリアの両親も仲は悪くはないがさっぱりとしたタイプなので夫婦によると思う。なので誰が見てもラブラブだと思える夫婦の距離感がよくわからない。

「そうですよ。外に出た時も、普段の何気ない空気というのは伝わるものですし」

「確かにそうですね……」

愛情の示し方はそれぞれでも、流れる空気というのは確かに感じ取ることはあるので、レオナルドの言っていることはわかる。

わかるけれど、とジュリアは困ってどう扱ってよいのかわからない案件に眉尻を下げた。

「ジュリ？」

魅惑的な甘い声で名を呼ばれ、ジュリアはレオナルドの方へと顔を向けた。

間近で色気たっぷりな美形が口元に微笑を浮かべこちらを見ており、漆黒の中にひときわ輝く光を宿した瞳と視線がぶつかる。黒の瞳に熱や光を感じるたびに、ジュリアの心臓は小さくさざなみ、騒めく。

ジュリアは心を落ち着けるようにふぅっと息を吐き出すと、契約を交わしてもはっきりしなかった夫婦関係に言及する時かと口を開いた。

「ある程度必要なのはわかります。ですが、私たちは偽りですよね？」

契約内容はそのことに触れていなかったが、場合によっては離婚ありき、期間限定なのではと思っている。ジュリアは苦しい時間を紛らわせてほしくて、レオナルドは家の事情と女性除《よ》け。そのための結婚。

それを信じて疑わなかったジュリアの言葉に、腰に回されていたレオナルドの手がぴくりと動き、顔は微笑みを維持しているのに低く抑えた声を出した。

「偽り、ですか……。ジュリ、もう一度話し合いをした方が良さそうですね」

「話し合いはいいのですが……」

緊張を伴い時には危険な仕事をしている騎士だからか、気配が鋭くなると一般人には刺激が強い。

ふるっとジュリアが身体を震わせると、レオナルドが「すみません」とこつんと頭を優しく当ててきた。それだけで空気が緩み、ジュリアはいつもの気配にほっと安堵する。

レオナルドはゆっくりと瞼を下ろし、自身を落ち着かせるようにふぅっと息を吐き出すと、ゆっくりと口を開いた。

「確かに、契約、そう思っていただいてもいいとは言いましたし、各々の条件は提示し合いましたが、偽りの結婚だと誰が言いましたか？」

「…………言ってないですね」

確かにレオナルドは言ってないし、契約内容にもそのようなことは記載されていなかった。

「そうですよね。でしたら、どうしてジュリはそのように思われるのでしょうか？」

「どうして……」

外では誰が見ても仲睦まじい夫婦に見えるように行動することという最初に話していた内容に加え、レオナルドからの提示条件は、良好な関係を築くための項目ばかりであった。

言葉を詰まらせるジュリアに、レオナルドが優しく言い聞かせるように告げる。

「ジュリ。よく考えてほしい。始まりはどうあれ、私はあなたとならと思い結婚を申し込みました。それをジュリは受け入れてくれた。お付き合いと結婚では先に見据えるものは違います。そのための契約だと思ってほしいし、そのような条件をこちらは提示したつもりでしたが」

できる限り食事など会話をする機会を設け、ともに過ごすことなど、むしろ、至極真っ当な、夫婦としては当然であろうことを示してあっただけというか。

その中には、婚姻関係が成立している限り、相手の承諾なしに異性と関係を持たないこと。つまり、世間一般でいう浮気や相手の気分が悪くなるような行いをしない、というものもあった。

ジュリアは二度見してしまったくらい意外な内容であったので、机の中に入れてある契約書を確認しなくてもしっかり覚えている。

「そうですね。レオのはそういったものばかりでしたね」

レオナルドがそれでいいのなら無用なトラブルは防げるので了承したが、あまりにもまともすぎて拍子抜けした。ジュリアは契約とはいえ結婚したのだから、他に目を向けるなんて考えもしなかったから問題ない。

だが、レオナルドは頃合いを見て勝手にしていくものと思っていたので、あえて提示してきたことに驚くとともに、誠実な人柄が伝わってくる契約内容に温かな気持ちになった。

「ですよね。私はジュリと生活していきたいからこそ結婚したので契約を交わしましたが、偽りのつもりは全くありません」

「はい」

「役所に婚姻届を出したのですから、国から正式に認められた夫婦です。そして、名実ともに夫婦として過ごしていけるようにと思ってます」

真摯な声でそう告げ、レオナルドは覗き込むように顔を寄せると、ジュリアの髪をすっと撫でた。

そのままひと房指にからめると、そっと金の髪に口づけた。

ジュリアの戸惑いに揺れるエメラルドの瞳と、レオナルドの強い意志を宿した黒の瞳が絡み合う。

気持ちを伝えるようにとばかりに髪に口づけながら見つめられ、ジュリアの心臓は今までで一番跳ね上がった。

契約の内容に誠実な人なのだなと感心すると同時に、今だけだろうなという気持ちもどこかにあった。気持ちがあって結婚したわけではないとはいえ、結婚は勇気のいる行為。オリバーと別れるまでは、ジュリアの中で結婚は一生に一回の尊いものであった。

だから、契約結婚だと納得はしていても、理想は簡単に捨てられず、壊してしまいたいと思ってはいなかった。そのうえで、白騎士のレオナルドはモテる人なので、いつかは破綻する関係であると思っていた方が楽だったのも事実。

自分が裏切られ傷ついた気持ちが癒えきらないまま、また大なり小なり心に負荷がかかるのが怖かった。気持ちを預けて甘えること自体から、レオナルドから逃げたかったのかもしれない。

だけど、向き合おうとしてくれる相手に、こうだと決めつけ自衛のために距離を取り相手を傷つけるのは本意ではない。

「すみません。少し、疑心暗鬼になっているというか、オリバーに裏切られ、結婚するまでの流れも流れでしたので、そこまでレオが考えてくださっているとは思わなくて」

「ジュリがそう感じてしまうことは仕方がないと思いますし、気にしなくていい。だけど、それだけ？　まだあるでしょう？」

見透かされ、ジュリアは訥々と口にする。

「……あと、レオは非常にモテる方なので、正直、ご家族が納得される時間と女性除けの、少しの間だけの関係だと考えてました」

「私はいたって真剣です。確かにそのように説明したし、そこに嘘はなく困っていたのは本当ですがそれがすべてではありません。過去のことでジュリが臆病になっているのもわかっています。ですが、どうか彼と一緒にしないでほしい」

「はい」

低く響く声音に潜む真摯さに、ジュリアは小さく頷いた。

ほっ、と柔らかに息をついたレオナルドの声が、真剣味を帯びたものから甘えを滲ませたものへと変わる。

「それをこれから時間がかかっても示していきたい。ジュリも私に慣れてほしいし、これからずっとともにあることを考えていってほしい。それから――」

そう続けられた言葉に、ジュリアは顔を真っ赤にした。


気づけば、ジュリアは流れるようにソファに押し倒されていた。

硬い指がジュリアの左薬指をより分け持ち上げると、ちゅっと音を立てて口づけてくる。ジュリアを見つめながらレオナルドはゆっくりと唇を離すと愛おしげに指を撫で、それから熱っぽさに戸惑うジュリアの両頬をそっと捉えた。

にこっ、となだめるように微笑むその双眸の奥は、隠しもしない、むしろはっきりと言葉にして伝えられたことにより理解したレオナルドの情欲が乗っていた。

「――それから、触れ合いも大事です。甘い空気を出すには深く、ね」

そう告げられてから、レオナルドが男性であることを改めて認識させられ、彼の言動すべてを意識せずにはいられない。

話せば息がかかるところでその美貌が止まり、さらに絡まる視線に逃げるなと捉えられる。鼓動が高鳴り、頬が熱い。

これも手練れたレオナルドのせいだと、口を開けば上擦りそうだったのできゅっと一度引き結び大きく息を吸うと、ジュリアは恥ずかしさを押し隠すように毅然《きぜん》と告げた。

「そのことは明記していなかったと思いますが」

「あえてする必要がありますか？」

一緒に食事をとるだとかそういったことは書いてあったのに、とおもむろに不満が顔に出ていたのだろう。レオナルドはくすりと笑う。

ふわりと吐息がかすめ、そのわずかな刺激も恥ずかしいと感じてしまうくらい、レオナルドの醸し出す空気が明らかに甘くなった。

「ジュリも全く予想していなかったわけではないでしょう？　年頃の男女が一緒に住むのですよ。しかも夫婦なのに」

「…………」

夫婦、レオナルドは先ほどからよくその言葉を使い、それを言われるとジュリアは何も言い返せない。たとえ、契約といえども夫婦。正式に認められた関係。

一緒に住むのに、もしかしたらと夜の生活の方を考えなかったとは言わない。だけど、その可能性はごくごくわずかだろうとあえて考えないようにしていた。

気持ち的にも状況的にもそれどころではなかったこともあり、目の前に突きつけられどう言っていいのかわからず、ジュリアは視線を下げた。

黙り込んでしまったジュリアに、レオナルドはこつんとおでこをくっつけてくる。視線を上げると、互いの睫毛が触れ合った。

「後悔はさせませんよ。必ず、あいつを忘れさせると言ったでしょう？」

「……確かに、言われましたが」

妙にどきっとするとともに、あの時のレオナルドの眼差しを思い出す。

視線を絡ませると、おでこを離したが相変わらず距離が近いまま、レオナルドは続けた。

「ジュリが恋愛はもういいと思うほど傷ついたことはわかっています。だから、今すぐすべてを預けてほしいとは言いませんし、男が信用できない気持ちも理解しています。ですが、夫婦となった以上私たちの関係を考えてほしい。私は絶対あなたを裏切りません」

至近距離にある、夜を思わせる黒の瞳にはただただ慈しむような光が込められ、本気でそう思っていることがうかがえた。

契約の内容のこともあって、少なくともジュリアには口先だけの生半可な言葉には思えなかった。

「どうしてそこまで」

「どうしてでしょうね？」

そこでレオナルドは口元のほくろとともに緩やかに流れる艶やかな黒髪に色気さえ滲ませながら、弱々しくも優雅に微笑んだ。

はぐらかされていると感じながらも、そっとジュリアのペースと気持ちに沿うよう包み込んでくれる言葉に、気持ちはほぐされていく。

実際のところ驚きはしたが、女性として見られていることは、オリバーによってずたずたにされた女心に喜びをもたらしてくれた。

期待していたわけでもないし、恋愛なんてもういいと思っていても、男女の間でそういった欲があることは実体験として知っているわけで、結婚した相手に求められることを嫌だとは思えない。

そういうことが本気で無理だと思う相手だったら、結婚していない。

しかも、相手は婚姻関係がある間は浮気をしないと明言しており、この日を迎えるまでジュリアからそのことについて触れる機会はいくらでもあった。

押され流され気味であり、つらすぎる失恋から逃れるためではあったが、しっかり考えたうえでレオナルドと結婚すると決めたのは自分だ。

そのことに後悔はないし、実際に欲を見せられて嫌だと思わないのが答えなのだろう。

「ジュリ」

思考に耽《ふけ》っていると、こっちを見てとばかりに優しく名を呼ばれ、ジュリアは夫となったレオナルドをじっと見つめた。

滴るような色気とともに、隠しきれない熱と期待のこもる眼差し。その視線が何を意味するのかこの流れでわからないほど鈍感ではない。

「その、知っての通り、長く付き合っていたとはいえ相手は彼だけでした。なので、いろいろわからないことも多いというか、お手柔らかにというか」

相手は経験豊富なモテ男。対してこちらは、オリバーとは幼い時からともにいたので本当に世間一般の恋愛というものよりは偏っている自覚はあった。

普通というものはないとは思うが、それでもある一定の基準というものはあるだろうし、そのあたりも情報が乏しいジュリアには、妙に意識してしまう案件だ。

わずかに緊張したのが伝わったのか、なだめるようにレオナルドが鼻と鼻をすりつけながら、頬に添えていた手をそっと滑らせてくる。

「ジュリ。もちろんです。あいつのことなど忘れるほど優しくしますので、ゆっくり慣れていきましょう。そのために少しずつ始めましょう」

「少しずつ？」

「ええ。まずはキスから。他がどうだとかではなく、私とジュリの関係を深めるために少しずつじっくりです。慣れるための練習だと思って」

まるで愛おしいとばかりに頬を撫でられおでこや鼻をすりつけられ、返事の代わりにジュリアは瞼を伏せた。

唇と唇が触れる瞬間、吐息とともに甘くささやかれる。

「ジュリ。大切にします」

とろりと蜂蜜のような甘さを含む声とともに、深く口づけられ、思ったよりも冷たく柔らかな感触にジュリアは息をするとともに身体の力を抜いた。

少しずつ、じっくりと。

その言葉を実践するように、軽めのキスが繰り返されたあと優しく唇を啄《ついば》まれ、ごく自然にするりと入ってきた舌に絡め取られる。

ジュリアは口づけに意識を持っていかれながらも、優しさといやらしさの間くらいの緩やかに誘うような手の動きに、もじっと身体を動かした。

「ふ、……」

巧みなキスの、ぞわ、と腰に響くような甘い刺激に声が漏れる。

ジュリアの知っているものとは違う角度、絡め方、タイミングなどに一瞬違和感を覚えるが、あっという間に引きずられ、レオナルドに促されるまま舌を絡めた。

キスから。そう言ったレオナルドであるが、自分たちはいい大人。

この先、どこまで許していいのか、求められた時に断るべきかこのまま流されるべきか、頭の中でぐるぐると葛藤する。

「ジュリ。緊張しないで。まだ結婚初日だから、ジュリが嫌だと思うならしない」

「嫌、というわけじゃ……」

くちゅりと音を立て唇を離したレオナルドに、見つめれば見つめるほど輝く星が見えてくるような魅惑的な瞳でじっと見つめられ、ジュリアは頬を火照らせた。

「でも考えてる」

「……気持ちの整理がついてなくて」

こういった行為はジュリアの中では好きな人とするものだ。だけど、自分たちは契約とはいえ結婚している。

そのことが、ジュリアの観念としてどちらに振り切ればいいのかわからなくさせていた。

「だから、少しずつじっくりと。ジュリが私に馴染んで自然と明け渡してもいいって思えるように」

「馴染む……」

「そう。気持ちは簡単に切り替えられるものではないだろう？　先に言っておくけど、私はジュリが欲しい。気持ちが溶けるまで待つつもりではあるけど、そうなるようにしかけることはやめない」

ちゅっと唇にキスを落とすと、今度は首筋をなぞっていき、ジュリアの火照った頬をたどり、いたずらに耳朶を噛みささやく。

「ジュリ。私に任せて。深く考えず溺れたらいい」

甘く、たまに砕ける言葉遣いに、あやふやにせずはっきり宣言され、戸惑いとともにじわじわとくすぐる思い。

ずっとジュリアの気持ちに寄り添うような気遣いを受け、オリバーに傷つけられ占拠していた哀《かな》しい気持ちが薄れていき、その分レオナルドの存在が大きくなって定まることなくゆらゆら揺れる。

「レオ……」

名を呼んではみたが、急なことにやはり続く言葉が出てこない。どうしたいのか、どうすればいいのか、何が正解かを考えてしまう。

嫌ではないからこそ、大人として、そして関係を丁寧に結ぼうとしてくれる相手に対して、自分の気持ちを含めジュリアはいっぱいいっぱいだ。

「ジュリ、キスは嫌じゃない？」

そんなジュリアの様子をあちこち口づけながら見ていたレオナルドは、作戦を変えてきた。

甘い吐息とともに確認されて、ジュリアはゆっくりと頷いた。

何度考えても、戸惑いはするが嫌ではない。うまく言葉で伝えられないけれどそれだけは言い切れるので、逃げずにレオナルドの瞳を見つめ返した。

途端、ふわり、と嬉しそうに微笑む彼に、胸がとくんと高鳴る。

「じゃあ、これは？」

レオナルドの硬い指がジュリアの手を持ち上げ、結婚指輪のはまった左薬指へと口づけた。先ほども同じことをされ、レオナルドが触れるたびに見えない重みが増していくような気がした。

そこにはお揃いの指輪。その絆を確かめるような行動と、こちらを見つめながらのその行為に、ジュリアはこれ以上ないくらい顔が熱くなる。

「……なんだか、恥ずかしいです」

直接胸に響かせるような甘さは慣れない。

ジュリアを見つめる眼差しがずっと甘くて、まるで愛されているのではないだろうかと思うくらい視線が外されず、心臓がざわめいた。

「そう。照れてるジュリはやっぱり可愛い。私のことで反応してくれていると思うと余計に。今度はジュリからしてみようか？」

「何を？」

「キス。これも練習のひとつだから。ほら」

レオナルドはジュリアを引っ張り自分も身体を起こすと、今度はジュリアの腰に両腕を回して目をつぶる。

ゆっくりと閉じる際にすうっとジュリアを誘うように見て、レオナルドは口元を笑みの形に引いた。わずかに顎を上げキスを待つような角度で止まり、ジュリアの鼓動は早くなった。

されたことを忘れないよう繰り返すのは、本当に練習みたいだ。こんなことで恥ずかしがるのもと思うのだけど、恥ずかしいものは恥ずかしくて、ジュリアはただただ整った美貌の主を見つめた。

キス、と思うと、レオナルドの形の良い唇、そしてその下にあるほくろへとついつい視線がいってしまうのも、なんとも言えずジュリアは瞬きを繰り返す。

「ジュリ。待ってるんだけど？」

甘く魅惑的なささやきが、ジュリアを促してくる。

開かれた瞼から見える黒の瞳がわずかに期待でしっとり濡れて見え、妙な気持ちになった。

「あの、本当に？」

「ジュリからもキスしてほしい。ダメかな？　そうすることでもっと夫婦らしくなれると思うし」

とろけるほど甘やかに口説かれ、腰に回された手には力がこもり逃す気はないと待たれる。キスする選択肢しかないというよりは、もはやいつするかの問題だ。

待たれれば待たれるほど恥ずかしいことに気づき、ジュリアは勇気を出して顔を近づけた。

唇と唇がふわりと重なる。先ほどされて知っている感触なのに、自分からする口づけは皮膚がとても敏感になったようで、じんじんと熱を持ちだす。

重なる唇からレオナルドの口元がわかりやすく嬉しそうに綻ぶのがわかって、恥ずかしくて下がろうとしたらすぐに捕まえられた。

「あっ……」

「ダメだよ、逃げないで。このまま」

ゆるりと舌で唇を撫でられ、優しい感触にとろりと溶ける。

つんつん、と開くように促され、先ほどよりはさらに自然に唇が開いていく。

「ジュリ、もうちょっと口開けて」

キスの合間にささやかれ、ジュリアの身体からすっと力が抜けていった。ただただ、レオナルドとのキスを堪能する。

落ち着かせるよう、たまにとんとんと優しく背を叩かれて、レオナルドに包み込まれているような気持ちになった。

恋愛なんて、と思いながらも、自分より大きな相手にまるで大事だと言わんばかりに包み込まれると、傷つき殻に閉じこもろうとしていた心がほわんとほぐされる。

それでも信じるのは怖い。

身体を明け渡すことは、心も引きずられてしまいそうで逃げ腰にはなるが、レオナルドとなら少しずつ前を向いていけるのではないかと、ジュリアはキスを受けながら思った。

「ん……んんっ……！」

長い舌に口内を隅々までぬるぬるなぞられると、余計なことは考えるなと言われているみたいで、この瞬間、レオナルドとのキスのことしか考えられなくなる。

巧みで情熱的なキスがジュリアを翻弄し、気づけば彼の膝の上に座らされていた。

「ジュリ、……ジュリ」

熱っぽく名を何度も呼ばれ、それに合わせて行き交う唾液が甘く感じる。

漏れた唾液も舐められ、じゅっと吸われ、また余すところなく口の中を支配される。

「ジュリ」

本当、なんて声で名前を呼ぶのだろう。

密着するところが増えたせいで、互いの熱が、欲情の兆しが伝わり、それでもキス以上はしてこない相手に、だんだんジュリアの方がもどかしい気持ちになってくる。

もう、このまま流されてもいいのではないだろうか。夫婦なんだから……。

「レオ……」

「まだダメ。ジュリをしっかり溶かしてから」

そんな思いとともに名を呼ぶと、レオナルドはしっかり腰をジュリアに押しつけながら、はぁっと熱っぽい吐息をこぼす。

困ったように眉尻を下げながらもきっぱり告げられ、ジュリアは潤んだ瞳で思わず咎《とが》めるように見つめた。

「なんか、意地悪です」

「そうかな？　ジュリとは気持ちごと向き合いたい。だから、今日はもうちょっとだけ。あと、腰のは気にしないで」

「気にはなります」

存在感を放つ硬いものは、遠慮がちに腰を引いても当たる部分は変わらない。むしろ、意識的に引いて、無意識に押しつけてくるから余計に気になった。

「まあ、仕方がないよね。でも、嫌がってないようで良かった」

「それなりに大人ですから」

「そう。大人だからね。だから、このまま、ほら、もっと」

そう言って、おしゃべりな口は閉じてしまおうとするかのように塞がれる。

さきほどよりさらに奥へと入るよう、隅々まで舐めたいんだとばかりに、レオナルドの舌がねっとりと動き、首筋を優しく撫でるようにすべらせ、喉奥を開けさせる。

「ふっ、ぁっ……」

それとともにレオナルドの背後にあった手が、ジュリアの前に回ってきた。

そっと胸の上に大きな手が置かれ、唇を吸って、舐めて、噛んだあと、心臓のある左胸をゆっくりと指に力をこめ押さえられる。

「ここを」

「ぁっ」

「私で埋めたい」

真剣な顔で射抜くような双眸に、ジュリアは息を呑む。

ジュリアの唇の周りの唾液を吸い取るように舐めると、レオナルドはジュリアの反応を確かめながら、シャツのボタンを器用に片手で外していく。

「ジュリ、……きれいだ」

すべてのボタンが外され、下着はつけたままではあるが普段見せない肌が晒《さら》されると、レオナルドは感嘆の声を漏らした。

たゆんと揺れる胸にそっと触れ、するりと形を確かめるように手のひら全体で撫でると、顔を埋めるようにして上部にちゅうっと吸い付いた。

「私のです」

うっすらと色づいた痕を人差し指でするすると撫でながらレオナルドはにこりと微笑むと、もう一度とばかりに顔が近づき唇を奪われる。

左手は背後を優しく撫で、右手は胸をやわやわと揉み込み、たまに押しつけるように腰が揺れ、レオナルドの熱い吐息に煽《あお》られる。

気遣いの感じる優しい手つきと、耐えるように揺れる腰やなまめかしい吐息。だけど、口づけだけは熱烈で、ジュリアはレオナルドが納得するまでもどかしい熱を抱えることとなった。

第五章　遭遇

休日の朝、片側を編み込みゆるく髪をひとつにまとめたジュリアは鏡の前に立ち、正面から左に右にと角度を変えて自分の姿を確認した。

白のタートルネックにベージュのスカートは前が後ろより短くなっているので、レオナルドに買ってもらったブーツがよく見える。

おかしなところがないのを確認し、ジュリアは冬が去ったら着ようと購入していたピンクベージュの左胸に三つボタンが並ぶショートケープを羽織った。

再度、シルエットを確認していたが、ふと、自分の顔がずっと綻んでいることに気づき、ジュリアはぴたりと動きを止めた。

真面目な顔をしようにもすぐに笑みを形どる口元に、ほんのり薄く色づく頬。少し前までただの緑色だった瞳は、柔らかな優しい色をしているように見えた。

今日が楽しみだというのもあるが、満たされている、そう思える表情に、今は部屋にいないレオナルドを思い浮かべた。

離れて仕事に行くのが嫌だと甘えるようにくっついてくるレオナルドを激励し、しぶしぶ出かけるのを見送ったのは今朝のこと。

艶っぽいのにほこっとする可愛らしい姿を見せる夫のその姿を思い出し、ジュリアはくすりと笑みをこぼした。

まだ外は暗くもう少しで夜が明けようとしている時刻。出勤するレオナルドに合わせてジュリアもベッドから出ようとすると、寒いからそのままでいいと毛布をかぶせられゆっくり寝るようにと眦にキスをされた。

こんもりかけられた毛布の上から、とんとん、と優しく叩かれる。起きたのだから見送りたいと眼差しで訴えていると、一度ベッドから出たはずのレオナルドが、行きたくないともぞもぞと再度入ってきて抱きしめてきた。

ぎゅうぎゅうと甘えるようにジュリアに抱きつきながら、首に、頬に、額にとキスを落としてくる。くすぐったさに笑うと、レオナルドの親指がジュリアの唇に触れ、半開きだった唇をきゅっと持ち上げられた。

視線と視線が絡まりジュリアが瞼を伏せると顔が近づき、吐息が触れるとそのまま口づけられる。次第に深まる口づけは際限がなく、じわりじわりと疼《うず》く熱を互いに意識しないようにしながら、何度も口づけを交わし、出勤時刻のぎりぎりまで戯れてしまった。

気遣いに溢れ、時おり欲にけぶる男の部分を覗かせながら、甘やかし、そしてたまに甘えてくる、そんなレオナルドとの生活は穏やかで濃密だ。

レオナルドは昼には勤務が終わり、それから明日一日が休みである。

今日は休日デートとして、現在王都で人気を博している劇団の公演を観《み》て食事をすることになっていたのだが、昼には終わるはずの仕事が延びて少し遅くなるとレオナルドから通信式魔道具で連絡を受けた。

直接劇場近くで待ち合わせのため、先にウインドウショッピングをして欲しいものの目星でもつけておこうと、ジュリアは早めに街へと繰り出すことにした。

外に出た途端に吹いた風にあおられたケープの裾を押さえ、ジュリアは顔を上げると目を細める。

「いい天気」

空は青一色に染まり、時おり吹く風も心地よく気持ちも清々《すがすが》しい。一時期、冷たかった空気も緩み、王都は少しずつ暖かさを取り戻しつつあった。

外の気候と同様に出した声は弾んでおり、ふわふわとする気持ちのまま、ジュリアはふふっと笑みを浮かべた。

「どんなものがいいかなぁ」

強引ではあるがふいに感じる気遣いがとても優しくて、ちょうどいいから始まったとは思えないほど大事にしてもらっている。

そのため、何かお礼というか、少しでも感謝の気持ちを表せるものがないかと常々考えていた。

思案の末、ようやく普段使いのお揃いのカップをプレゼントするところまで絞ったはいいが、これが思ったよりも難しかった。

デザインにこだわりがあり、目を引くカップもいくつか見つけた。

ただ、それぞれ良いのだけど、指輪を決めた時のように、自分たちらしいもの、何かワンポイントでもそう思えるようなものが入っているカップがいいと、ジュリアは三軒目をあとにして息をつく。

「んー。次で見つからなかったらまた今度かな」

すぐに見つかるかと思っていたが、意外といろいろ考えてしまって決まらない。

そろそろレオナルドに伝えられていた時刻が近づいてきたので、気になっていたもう一軒、同棲《どうせい》カップルや新婚カップルがよく利用するというお店に行くことにした。

いかにもという場所での購入は気恥ずかしくて避けたかったが、毎日使うものだから気に入ったものを探し出したい。

待ち合わせの場所もすぐそこなのでギリギリまで選べるし、と言い訳みたいなことを頭の中で並べながら、ジュリアは店の扉を押した。

「あっ」

「ジュリア」

二つの声。しかも、片方は聞き慣れた男性の声に名を呼ばれる。透明のガラス越しに見えたカップの棚に意識が向いていたので、気づくのが遅れてしまった。

ジュリアはゆっくりと顔を向けて、見えた姿にふぅっと溜め息をつきたいのを押し隠し平静を装った。

「……こんにちは」

元彼であるオリバーとそのお相手のサラが寄り添うようにジュリアを見ていたが、無視をするのも感じが悪いかとジュリアは挨拶だけ口にした。

じろじろと観察するような視線を感じながら、ジュリアはなに食わぬ顔で商品を見ていく。

ちらっと見た感じ、前回見た時よりサラのお腹《なか》は少しふっくらしていた。

本当に妊娠していたということを改めて突きつけられて複雑な思いではあったが、別れを突きつけられた時ほど気にならなくなっている。

そのことに、ほっとする。

自分は前を向けている。やっぱりレオナルドのおかげだと、彼が喜んでくれるようなものを絶対見つけようと改めて決意し、外から見て気になっていたカップに手を伸ばした。

「ジュリアさん。こんにちは～」

だけど、その気持ちに水を差すよう話しかけられ、ジュリアの手はぴたりと止まる。

鼻に付くような高い声。しかも、直接面識はないのに名を呼ばれ、恋人を奪われた以前にやっぱり人としてこの女性を好きになれないなと小さく息を吐き、ジュリアはゆっくりと振り返った。

元カノに絡むとか普通は気まずいはずなのに、本当、なんなのっ！　とは思うけれど、にこっと笑みを浮かべる。

顔が引きつりそうになるけれど、同じ土俵には立ちたくないと表情に出さないように気をつけた。

サラはこれ見よがしにオリバーに腕を絡めしなだれかかり、あからさまに仲が良いですよアピールをしている。

「ここは品揃えが多いですね。初めて来たので迷ってしまいます」

本当、なんなのっ！　とまた心の中でうんざりしながら、当たり障りのないことを告げる。

普通に言ったことを曲解されても困るし、何か言ってほしそうな気配がビンビン伝わってくるけど、ジュリアから二人の状態に触れるのは絶対に嫌だった。

その中で、オリバーがサラをくっつかせながらも、眉をひそめてジュリアの手元を見ながら口を開いた。

「お前、それ」

「それ？」

無視してしまいたいと思いながらも、それと言われて首を傾げる。

ここで逃げるのは、追いやられた感じになるので嫌だ。ジュリアは仕方なく、オリバーの視線をたどり自分の手元を見た。

左薬指にはレオナルドとお揃いの、控えめに宝石がちりばめられた結婚指輪が輝いている。それを見て、荒ぶりかけた気持ちが少しクールダウンする。

「指輪して……」

「やだぁ。それすっごく高いやつですよ。付与魔法も付いていて、すごいですね。見せびらかす用に自分で買ったんですか？」

オリバーの言葉を遮るように入り込んできたサラの言葉が、あからさますぎて引く。

マウントがすごい。こちらから恋人を奪っておいて、面識はないはずなのにどうして彼女はここまで攻撃的なのか。

「別にそういうわけじゃないけど」

この指輪は確かに高額であるが、なぜ見ず知らずの人に見せびらかさなければならないのか。

そんな自己満足のものではなく、これはとても大切な、レオナルドとの夫婦としての絆、形、いろんな思いが入った指輪である。

レオナルドは剣を持つ騎士として邪魔になるからと、仕事の時はネックレスに通して律儀に首にかけており、それ以外は左薬指にはめ、ジュリアもつけるのが当たり前になっていた。

魔法付与の宝石は色味が独特なのでよく見ればわかるものだが、サラは簡単に言い当てた。

そんなすぐにわかるものなのか疑問だが、ブランド品のカバンに色鮮やかな服装と装飾品も大きめのもの。持っている物からして高級志向なのがうかがえるので、そういった物に詳しいのだろう。

でも、なんだか嫌な感じだ。

自分たちが結婚したことは親しい人に告げているのみで、隠してはいないがそこまで広まっていない。

始まりが始まりだったけれど、向き合い過ごす夫婦の証に、どうしてよく知らない相手からごちゃごちゃ言われなければいけないのだろうか。

説明するのも面倒くさくて、ジュリアは眉をひそめた。

それをどう受け取ったのか、サラが愉悦に満ちた笑みを浮かべる。

――ああ、すっごく嫌だ。

なんで、身を引いたあとまで巻き込まれなくてはいけないのだろうか。

そう思いたくないのに、こんな相手と比べられて負けたこと、そんな相手になびいた元恋人のこと、うんざりもするし情けなくなるし、いろいろつらい。

もう逃げだと思われてもいいから、カップはまた次回にして今はここから出て行こうかと思った時だった。

「ごめん、ジュリ。遅れました」

少し荒い息とともに優しい声音で名を呼ばれ、背後から長い腕に抱きしめられる。

驚いて顔を上げるジュリアの額にそっと親愛のキスを送ると、ゆっくりと腕を引いて二人から庇《かば》うようにレオナルドがジュリアの前に立った。

「レオ」

頼りになる力強い腕に、甘く柔らかな耳通りの良い声。それらはジュリアの波立った感情をそっと包み込んで、ゆっくりと落ち着かせてくれた。

ジュリアは、ほっと息を吐きレオナルドを見上げた。

眉根をわずかに寄せて心配そうな黒の瞳が、ジュリアを見つめている。

レオナルドはほんの一瞬だけオリバーたちに視線を向けたが、すぐさまこちらに向き直りにっこり微笑み、するりとジュリアの腰に手を回してきた。

「待ち合わせの場所にいないから心配した」

オリバーとは仲が良かったはずだが挨拶もせず、知り合いだと気づいていないかのように、レオナルドはジュリアだけを見て話している。

レオナルドの登場でしんどかった空気が一掃されて、ジュリアも自然と笑みが浮かんだ。

「なかなか欲しいものが見つからなくて。もしかして、時間過ぎてました？」

「大丈夫。早く着いたから探していただけ。欲しいもの？」

「うん。たくさん揃えてもらったのだけど、普段使い用のマグカップをお揃いでどうかなと思って。してもらってばっかりだし、何か私からできたらなって」

レオナルドにはそのことを告げていなかったから照れくさいが、視線をペアカップが並べられている方へとやると、レオナルドがさらに身体を引き寄せてきて覗き込むように顔を近づけてきた。

「私とジュリの？」

「当然そうですが」

労わるような優しい色の中に期待が入り混じったものが含む双眸でじっと見つめられ、ジュリアの顔が熱くなる。

砕けた口調も混じるようになり甘い空気は今では当たり前ではあるのだが、ここが家ではなく外だと思うと余計に気恥ずかしい。

ちょっとそっけない口調になっても、ふわっと微笑まれるものだから、ジュリアはうわぁっとさらに頬が熱くなるのを感じた。

あと、オリバーとサラからの視線が強すぎて、関わりたくもなくて、彼らから見えないようレオナルドの方に自ら近づいた。

たまたまだろうけれど、本気で嫌だと思う手前で駆けつけてきてくれて、待ち合わせ場所ではないのに見つけてくれたことも含めて、すごく嬉しかった。

疲弊していた気持ちが癒やされ、レオナルドの存在にすごく安心して、彼に甘えたい気持ちが出てしまう。

すると、レオナルドは嬉しそうにジュリアの頬にかかった髪を耳にかけながら、愛おしいとばかりにとろりと甘く低い声音でささやいてくる。

「ジュリが選んでくれたらどんなものでも嬉しいよ。いいのはありましたか？」

「ええ。さっきこれを見つけて。このカップの藍色がとても綺麗《きれい》で。レオの光に当たった時の髪色にも似ていていいなって。どうですか？」

硬めの指が頬や耳をすべっていく感触をこそばゆく思いながらも、レオナルドのまっすぐな視線に笑みがこぼれる。

あっという間に優しい気持ちにさせてくれるレオナルドの存在が、ジュリアの内側でじわじわと大きくなって、オリバーたちのことは気にならなくなった。

「いいと思うよ。取っ手の金色はジュリの髪色で気に入った。帰りに寄ることにしてそれまで置いといてもらいましょう」

「ええ。そうします」

「でも、今すぐ帰って一緒にコーヒーを飲みたい気分になってきた。やっぱり帰る？」

甘えるように顔を寄せ、くすっと悪戯《いたずら》っぽく両目を細めるのを見て、ジュリアもそっと微笑む。

「先に劇を観に行くんですよね？」

「そうだけど、ジュリが選んでくれたものって思うとすぐに使いたくて。悩ましいけど、デートもしたいし、楽しみが待ってると思うことにします。ジュリ、ありがとう」

レオナルドは嬉しそうに笑いながら、軽めに唇を眦に押しつけてくる。

外用の仲良しアピールなのかいつもよりちょっぴり大げさな気もするが、二人きりでも甘い人なのであまり気にならない。

キスは家でもさりげなく当たり前のようにされることなので、ジュリアも片目をつぶりながらも親愛の証としてそれを受け止めた。

彼らの姿を見たらもっとしんどくなるかと思ったけれど、途中向こうから仕掛けられて嫌な気分になったものの、ジュリアの心は落ち着いていた。

そのことに自信がつく。

もう、オリバーのことは過去のものとして自分の中で処理されているのだと、それぞれの道を歩いていけていると思った。

「おい。どういうことだ？」

なのに、支払いを終え店員にあとで取りに来ることを伝えて、肩を並べて店を出ようとしたところでオリバーに呼び止められた。

レオナルドはぴたりと動きを止め、はぁっとあからさまに溜め息をついた。

普段は礼儀正しく温厚な人なので、とても珍しい態度と何が始まるのかと不安でジュリアはそっとレオナルドを仰ぎ見た。

すると、すぐに視線に気づいたレオナルドが安心させるようにジュリアに微笑む。

ずっと彼らの視界に入りにくい位置にジュリアを置いて、どんな時でもこちらを気にかけてくれているレオナルドの態度に、ジュリアの胸はじんわりと温かくなる。

レオナルドがいるだけで、オリバーたちの絡みなんてどうでもいいと思えるほど安心することができて、こんな時なのにゆるりと頬が緩み、笑みが溢れた。

一歩前に出ると同時に、レオナルドに手を取られる。

ジュリアも同じようにきゅっと握り返すと、レオナルドは愛おしそうにジュリアを見つめ目を細めたが、オリバーの方へと胡乱《うろん》げな視線を向けた。

「なにかな？」

顔は微笑みを維持しているのに、レオナルドの声はどこまでも冷たく響く。

「なにって。どういうことだ？」

「どういうことも何も見たままです」

レオナルドの言葉に、ジュリアも小さく頷いた。

切り捨てた相手のことなど、今更気にせずに放っておいたらいい。普通なら居心地が悪いのはそっちだろうと思うのだが、なぜ絡みにくるのか。

そういった苦情のような考えは出てくるが、今は少しも感情が波立たない。

レオナルドの少し後ろから妙に冷静な気持ちのまま彼らに視線を向けると、顔を赤くしたオリバーがこちらを睨みつけてきた。その横で、サラもなんとも言えない顔でこちらを見ている。

「なんで、二人が一緒に」

「それをなぜあなたに言わないといけないんですか？」

淡々としたレオナルドの返しに、オリバーは声を荒らげた。

「…………さっきから他人行儀な感じだし態度悪いな」

「それはオリバーの方では？　それぞれ買い物をしに来ているのですから、無用な絡みは遠慮していただきたい。正直、せっかくのデートの時間をこんな形で邪魔されて迷惑です」

ジュリアも二人の態度に思うことはあったので、レオナルドの正論に胸がすく。

「デートって……」

サラが横で手を口に当てて驚いている。ジュリアを見て、そして白騎士のモテ男であるレオナルドを見てと挙動不審だ。

「ええ。デートです。私たちの関係は本当に親しい者にしか話しておらず、言いふらすようなことでもないのであまり知られていないかもしれませんが」

言いふらす、という言葉の際にちらりとレオナルドはサラを見ると、その視線を受けて彼女はかぁっと顔を赤らめた。

その様子を見て、そういえばレオナルドがジュリアとオリバーの破局を知ったのもサラがどうとか言っていたなと、彼女が言いふらしていたのかとジュリアは初めてそのことに思い至った。

ね、とこちらを見て左薬指を優しくさすってきたレオナルドに、「はい」と返事とともにしっかり頷くと、ジュリアはふわりと笑みを浮かべる。

外では仲良しアピールをしなければというのもあるが、そんなことを意識せずにレオナルドといるだけで自然と笑えることに、さらに笑みが深まった。

噂はもう今更であるし、しっかりレオナルドが釘を刺すようなことをしてくれたので、それだけで十分だ。

自分の味方が頼もしすぎて、こんな人が旦那さまなのだと思うと誇らしくて、彼らのことはどうでもよくなってくる。

ちらっ、ちらっとオリバーを見ては、自分たちの、特に繋いだ手を何度も確認するように向けてくる落ち着かないサラとは違い、オリバーはひとり肩を震わせていた。

サラが、「オリバー？」と声をかけても、うるさいとばかりに絡んできた手を外させる。

その様子をなんとも言えない気持ちでジュリアが見ているなか、オリバーが歯切れ悪く言葉を吐き出した。

「う、そ……、だ」

「嘘もなにも、そもそもオリバーには関係のないことですよね？」

レオナルドが不機嫌そうに眉を跳ね上げるなか、オリバーの視線はジュリアを捉えて外さない。

仄暗《ほのぐら》くまとわりつくような視線にジュリアはうっすらと眉をひそめ、何も言わずに受け止めた。

しばらくしてジュリアとレオナルドをぎっと睨みながら、オリバーは腹だたしげに吐き捨てる。

「浮気していたのか？」

オリバーのその言葉に傷つくというよりは驚き、ジュリアは大きく目を見開いた。

「……えっ？」

「レオナルドと、浮気、してたのか？」

再度、同じことを言われて、今度はぐっと眉根を寄せる。

言いがかりがひどすぎる。自分のことを棚に上げてよく言えるものだ。

怒りを通り越して呆れて黙り込んでいると、オリバーは決めつけるように告げた。

「だから、あれだけすんなり受け入れたんだな」

「なにを言って……」

その一言にはショックを受けた。

あの時、どれだけこちらが気丈に振る舞っていたか。

あの後、ずっと悩ましくしんどかったか……。

幼い頃ひとつ上の彼についていこうとして慌ててこけた時、怪我《けが》をした足にハンカチを巻いておぶってくれたジュリアの知る優しい幼馴染は、どこに行ってしまったのだろうか。

付き合っていた時や幼かった時からの彼の人格を否定したくはないし、優しく真面目な人であったからこそ、残念でならなかった。

変わってしまったのか、ジュリアから気持ちが離れたからこそなのか、少しでも相手を思う気持ちや己の行動を思うとそんな言葉なんて出ないはず。

それさえもない、長年の月日さえ色褪せるほど思いやる気持ちがないというのなら、彼は変わってしまったと思うほかない。

もういい、と最後の思い出たちまで綺麗に流れていく。

自分のなにが悪かっただとか、どうしていたらとか、憤りとかもすべて考えるだけ無駄だと思えた。

オリバーのその一言に、本気でどうでもよくなった。

そんなジュリアに対し、レオナルドの方がキレた。

「オリバー。本当にいい加減にしてください。そもそもひどい形で裏切ったのはあなたの方でしょう？　ジュリを傷つけておいて、まだなお自分勝手なそれには本気でうんざりです」

「レオナルドには関係ないだろう」

「当時のことは関係ありませんが、今は大いに関係あります。それに、絡んできたのはそちらでしょう？」

なにも言い返せず渋面を極めて不機嫌を表すオリバーに、レオナルドは軽く眉根を寄せぴしゃりと言い放った。

「もうこちらとしては関係ないことなのですが、あなたが踏み込んでくるというならこちらも言いたいことがあります。あなたたちはお腹に子供がいるのにまだ役所に届けも出していないとか。それはなぜなんでしょうね？　そんな相手に私たちのことをとやかく言われる筋合いはありません」

レオナルドから告げられる知らない情報に、ジュリアはオリバーを見た。

分が悪いのかすっと視線を逸らすオリバーと、なぜかレオナルドを媚《こ》びるようなあざとい表情で見るサラ。

そんなサラの視線をまるっきり無視するレオナルドに、こちらの視線に気づいたサラがジュリアを睨みつけ、ぎゅっとオリバーの腕に抱きついた。

もはや彼女の行動はジュリアには理解できない。考えるのも視界に入れるのもしんどいので、気にしないことにする。

視線をオリバーの方へと戻す。

てっきり籍はすでに入れているものだと思っていたので、レオナルドの言う通り不思議でならない。あれだけ豪語して別れを切り出したのだから、そうするもの、しているもの、という認識だった。

苦い後悔が浮かんでいるようにも見えるが絡まない視線に、ジュリアはふぅっと息を吐く。

それよりも、とレオナルドを見た。

ずっと彼らの動向を目や耳に入らないようにしていたから、レオナルドも気遣って話さないようにしてくれていたのだろう。

彼の心遣いが、じんわりと染み渡り温かい気持ちがこみ上げる。

「レオ」

気づけば、ジュリアは彼の名を口にしていた。

ぴくりと腕を揺らすと、レオナルドはすぐにジュリアを覗き込んでくる。

「ジュリ？」

どれだけ怒りを抱えていても、こちらを向く際にはにっこり笑みを浮かべられ、その笑顔に思わず見惚れる。

何度見てもその表情は美しくて、そこにはジュリアへの労わりが常に乗っていて、それを向けられることが心地よい。

ずっと気遣ってもらって、今もジュリアの気持ちを考えて憤り、庇いながら冷静にオリバーを叱責してくれた彼が、その容姿以上にとても格好よくて眩しく見えて仕方がない。

結婚した相手が、レオナルドで本当に良かったと思う瞬間だった。

そんな彼を、これ以上こんなことに巻き込みたくないと思った。

たくさん自分の代わりに怒ってくれて、ジュリアも溶けた気持ちに気づけた。だからこそ、もう十分だと、もういいのだと、自分の口から幕を引こうと思えた。

「レオ。ありがとう。もういいです」

「ですが」

「だって、私はレオと今一緒にいるから毎日楽しいって思えてる。いろいろ思うことはあるけれど、正直もう過去のこと、終わったことは終わったことですから。お互いにそれぞれの道を歩むと決めたのだから、今向き合っている人との時間を大事にしたいって思う。ダメ、でしょうか？」

最後に、契約結婚の提案をされた時の言葉を混ぜてみた。

悔しそうに綺麗な顔を歪めるレオナルドの前に立ち、あの時は目を逸らしてしまったけど、今はこの気持ちが伝われとじっと見上げて訴える。

ジュリアを思って怒ってくれるのは嬉しいけれど、こんなことで煩わせたくなかった。もっと有意義な時間をレオナルドとは過ごしたい。

それが伝わったのか、レオナルドはふぅっと息を吐き出して髪をかき上げる。

「いえ。とても嬉しいよ。私もジュリと一緒にいてとても満たされている」

「うん」

契約から始まったけれど、本当に契約結婚なのかと思うほど大事にしてもらっていて、ジュリアの心はレオナルドの宣言通りにいつの間にか溶けていた。

嫌な思いもしたけれど、それに気づけただけでも彼らとのここでの再会はよしとしたい。

「オリバーも、サラさんも、私は私で過ごしてますので、お二人はお二人で仲良くされてくださいね。生まれてくる赤ちゃんのためにも」

オリバーは地面を睨みつけるようにして唇を噛み締め、もうこちらを見なかった。

彼は彼なりに言い分があるのかもしれないが、ジュリアが聞く義理もないし、あの時に簡単に切り捨てておいてと思うと本当に今更だ。

その反対にサラは一瞬こちらを見ようとしたが、びくっと肩を震わせてすぐにオリバーの方に視線をやった。

彼女も彼女でよくわからない絡み方をしてきたし、正直関わりたくない人種である。自分と関わりがないところで過ごしてほしい。

彼らに見切りをつけるよう、二人の世界ですとばかりにレオナルドが額にキスをしてくる。

まるでお疲れ様とでも言われているような優しい感触に、ジュリアはふよっと口元を綻ばせた。

「ジュリが凛々しくて可愛い」

そんなことを言いながら、もう一度唇を押し当ててくるレオナルド。

今度はいつまで続くんだというくらい長く、外なのにぎゅうぎゅうと今朝のことを思い出すくらい抱きしめられた。

しばらくして、ふぅっと息を吐いたレオナルドは、顔の赤みが引かないジュリアの頬をすぅっと優しく撫でると、腕を組むように差し出してくる。

「ジュリ、行きましょう」

「はい」

そこにジュリアも腕を絡めると、満足そうに目元を緩めたレオナルドは歩き出し、突っ立ったままのオリバーたちを残してその場をあとにした。

第六章　灯る思い　*side レオ

今から三年前の初夏。

澄み渡る青空の中、とろとろと流れる雲の隙間から光が差し込み、地面からは青々とした草の匂いが立ち込める。

朝起きた時から身体がだるく、レオナルドは休憩時間に食堂には行かず、ひとりになれるところを探して歩いていた。

周囲に人がいないのを確認し、レオナルドは備品などが保管してある倉庫の前の木陰に腰を下ろした。途端、先ほどよりも身体に岩でも乗っかっているのかと思うほどのだるさを感じ、ずるずると太い幹に背中を預けた。

得意の電撃魔法が放てるか手に軽く魔力を込めてみるが、小さなイナズマが手から出るだけで、体内でぷすぷすとショートする感覚に諦める。

剣と相性がよく、使用すれば攻撃の的や威力などより精度を増すことができるが、今だと七割といったところか。

じんわりと汗ばむ額を拭い、騎士服のボタンをひとつ外し木漏れ日がゆらゆらと揺れるのをただ眺めた。

人目がなくなり気が抜けたからか、ずきずきと増し主張してくる痛みに眉をひそめ、レオナルドは眉間に指を当ててぐにぐにと揉みほぐす。

「はぁー」

大きく息を吐き出し、視界を隠すように腕を当てて幹に頭を預けた。

明るい日差しが遮られているなか、ゆっくりと目をつぶり、少しでも楽になるように静かに呼吸を繰り返す。

隊長会議が午前中からあり、来年度、第二隊の隊長が高齢を理由に一線を退くこととなり、現在の副隊長が隊長に、そしてレオナルドが副隊長にと候補に挙がっており、レオナルドは体調が悪いのに目をつぶって出席し、なんとかその場を乗り切った。

名のある伯爵家次男であること、白騎士は見目も重視されるため顔立ちが有利に働いているのは否定しないが、実力の部分である魔力操作が長けていることを評価されてのことだ。

自分より年上の部下も多くなり、貴族出身の多い白騎士は、家柄は関係ないとは言いながらやはり属する派閥を無視することもできず、すべての者が歓迎しているわけではない。

もちろん気のいい奴《やつ》もいるが、そのあたりは波風を立てないようレオナルドも気を配り、いつも以上に周囲に隙を見せることができない時期であった。

それでも、実力で己の地位をもぎ取っていける騎士という職業は自分に合っていると思っている。

思ってはいるが、自然と身についた処世術をもってしても、体調が悪いと人に関わるのは億劫で疲れてくるものだ。

申し訳程度に吹く風を身体に受けながら、レオナルドはなるべく頭の中を空っぽになるように深く息を吸い込み、さらに背後に身を預けた。

うつらうつらと眠る手前で意識が揺れるなか、こちらに近づいて来る足音が聞こえた。

せっかくひとりになれたのにとは思ったが、ここは倉庫の前なので用がある者なら訪れる可能性もあるなと思い直す。

普段ならばすぐに体勢を整えるのだがどうしても自ら動く気にはなれず、なるべくそっとしてくれないかとそのまま動かずいると、その足音の主はレオナルドのところまで近づき手前で止まった。

「大丈夫ですか？」

声をかけられてしまったかと腕を退《ど》けて目を開けると、こちらを覗く女性の姿があった。明るい日差しに照らされたまばゆい金の髪に、木々と同じように美しい緑の瞳が心配げに揺れている。

王城勤めであるとわかる制服に、研究職などに配布されているローブ。国家薬師であるとわかる赤と金の文様の飾りが胸元に付いている。

確か、今年合格し勤めだした若く美人な女性がいると、騎士隊員の間で話題になっていた。名は、ジュリアといったか。

ジュリアは薬が入っていると思《おぼ》しき木箱を持っていたが、身体を動かそうとした拍子にレオナルドが痛みで顔をしかめると、慌てて箱を地面に置き再度心配そうに問いかけてきた。

「大丈夫ですか？」

「大丈夫、と言いたいところですが、今朝から頭が痛くて」

だから、放っておいてくれないかと思ったが、心配してくれている相手には言えずレオナルドは頼りなく笑みを浮かべた。

口を開くだけでもつらく、休息して治るどころかひどくなっている。

体調管理も仕事のひとつであり、よほどのことがない限り体調不良で仕事に影響を及ぼしたくない。それに明日は休みなので、なんとか午後も保《も》たせたかった。

「頭痛……。身体もだるそうなので風邪の初期症状なのかもしれませんね。薬は飲まれましたか？」

「いや、まだですね」

「よろしければ、私が処方しましょうか？」

その申し出に、レオナルドは訝《いぶか》しげな声を上げた。

「あなたが？」

「はい」

「処方するのですか？」

レオナルドの怪訝《けげん》な声にジュリアは気を悪くすることなく、むしろ安心させるようににこりと微笑む。

「ああ、初対面では不安ですよね。申し遅れました。薬師として王城で働いているジュリアといいます。これでも国家薬師としての資格を持っていますし、騎士団に支給される薬の選定にも携わっておりますので安心していただけたらと思います」

胸元にある飾りを指しながら、自分で思っている以上に顔色が悪いのか、レオナルドの顔を眺め、ジュリアは眉を寄せた。

レオナルドは額を指圧し、ゆっくりと髪をかき上げた。

「知っていますよ」

「そうなのですね。それで、薬の方はどうされますか？」

「………………」

初対面の相手に任せるのもどうかと思うが、痛みは引く様子もなく、レオナルドがどうしようかと考え黙り込むと、ジュリアは淡々と告げた。

「とてもつらそうに見えるのですが。ひとりで休憩されているということは、その状態で午後もお仕事をされるつもりでしょうか？　それでしたら薬を飲まれた方がいいと思います。動くのがしんどいようでしたら、調合薬は持っていますのでここで作れます。それとも医務室へお連れしましょうか？」

王城の方に視線をやり周囲の様子を確認すると、ジュリアがそう提案した。

ひとりでいる理由をなんとなく察してくれているようだと、それならばと彼女の言葉に甘えることにする。

「できればこのまま周囲には知られず仕事をしたいと考えています。症状を和らげることはできますか？」

「和らげることは可能です。一度、近くで状態を見せていただいても？」

柔らかな声とともに一歩近づいてくるジュリアを、レオナルドはそこで改めて見つめた。

自惚《うぬぼ》れではなく、レオナルドは女性にモテる。弱っているところにつけ込まれて、アピールしてくる女性の類《たぐい》だろうかと反射的に警戒し相手の真意を探るように観察した。

王城内での恋愛沙汰は避けているレオナルドは、痛みからくる億劫さでジュリアを頼ろうとしてしまったが、今後の煩わしさを考えると彼女の手を借りるよりは痛みに耐える方がマシかもしれないと思った。

だが、ジュリアの双眸にはただ純粋に心配している光だけがあり、それ以外にレオナルドとどうこうだとかそういった感情は一切見られなかった。

レオナルドはふぅっと息を吐き出して、彼女に改めて委ねることにする。

「はい。よろしくお願いします。こちらも申し遅れました。第二隊に所属しているレオナルドです。朝から身体がだるくて、今はひどい頭痛なので少しでも症状を和らげていただけると助かります」

「わかりました。失礼します」

ジュリアはほっそりとした腕を伸ばすと、レオナルドの目の前に手をかざした。さっ、さっと手を動かして、顔を覗き込んでくる。

新緑を思わせるエメラルドの瞳に金の長い睫毛が乗り、彼女が瞬きをするたびに光を弾くようで思わず見惚れてしまった。

美しい人はたくさん知っている。

だけど、ジュリアのほっとするような見惚れるような瞳は、それらとは比べることができない美しさだと思った。真摯に自分を心配してくれている優しさが感じられるからかもしれない。

彼女の双眸から視界を広げると、ほっそりした顎、ほどよくふっくらとした唇、暑さで少しピンクに染まった頬、小さめの形の良い鼻など、バランスよく配置されたそれらは、確かに仲間たちが騒ぐのも無理はないと思った。

ジュリアのひんやりした指がレオナルドの額、そしてどくどく、ずきずきとするこめかみへと触れた。

「吐き気とかはありますか？」

「今のところ大丈夫です」

「そうですか。この状態で動くと気持ち悪くなる可能性もあるので、頭痛を緩和する薬を処方しますね」

話そうとするとつきんと響く痛みに、レオナルドは弱々しく笑みを浮かべ礼を述べる。

「ありがとうございます」

「いえ」

優しくこめかみを撫でられ、熱を出した子供にするように額に手を置かれた。

彼女にとって自分は患者なのだとわかる邪気のない行動に、貴族として生まれたことで常に周囲の目や相手の行動理由を意識してしまうレオナルドの心はほわっとほぐれるようだった。

薬品の清涼感のある香りがする。甘ったるい匂いを漂わせる女性ばかりのなかとても新鮮で、レオナルドはほぉっと無防備に瞳を閉じた。

もっと触れていてほしい。そう思うほど優しい手だと思った。

彼女の指が触れたところから痛みが引いていくようで、匂いに、存在に癒やされる。休憩時間でさえも気を張ることの多かったレオナルドの肩の力が、彼女の袖から香る匂いとともにすぅっと抜けていく。

だが、首の後ろに手を当てたのを最後に、その手はすぐに離れてしまった。

それを残念に思いながら、ジュリアの行動をじっと眺めた。

触れられただけで痛みなんて変わらないはずなのに、彼女が触れたところがマシになった気さえした。

ジュリアは白のローブのポケットからいくつか小瓶を出すと、その場でレオナルドの顔色などの様子を見ながら空いた瓶に調合していく。

濁りのある液体の中に、無色の液体がぽと、ぽとっと落ちていくと次第に黄色く変わっていく。

そこにジュリアの魔力が込められていき、彼女の瞳と同じ緑色へと変わっていった。

薬の調合に詳しいわけではないが、今まで目にしてきたものよりも短時間で濁りのない色に変わっていく様は、国家薬師という称号が伊達《だて》ではないことがわかる。

「手際がいいですね」

「どうでしょう？　祖母が薬師でしたので風邪など一般的な症状の薬の調合には慣れてはいますが。はい。できました」

あっという間に作り終えると、レオナルドに小瓶を差し出した。

レオナルドはそれを受け取ると、じっと見守られるなか一気に飲み干した。

喉から胃にたどり着くのがわかると、そこから一気にぽかぽかと温もりが広がり、すぅっと痛みが引いていく。

「すごい。あっという間に楽になりました」

ジュリアはレオナルドの様子を見ていたが、その言葉に少しほっとしたように微笑んだ。

「即効性をもたせました。ただ、一時的ではあるので元を治す必要はあります。身体は疲れていると思いますので休息することは大事です。帰宅後や休日はリラックスして栄養のあるものを食べてください」

「はい。そうします」

レオナルドは神妙に頷くと、ジュリアは優しい笑みを浮かべて一歩後ろに下がった。

「では、私はこれで失礼いたします」

「あっ……、本当に助かりました」

彼女が立ち去る気配に腕を上げその手を掴みかけたが、何をするつもりなのだと途中で引っ込める。ジュリアは小さく首を傾げ、礼を告げたレオナルドににこっと笑みを浮かべると、箱を拾い上げて倉庫の中へと入っていった。

自分たちの出会いはたったそれだけであったけれど、レオナルドにとってはとても印象に残るものとなった。

レオナルドは女性に色目を使われることも多く、そういう意図ではなくとも好奇な視線を向けられることも多かったので、淡々とした行動が逆に目を引いた。

それから、レオナルドはジュリアと会うたびに軽い会話を交わし、むしろ見かけたらレオナルドの方から必ず声をかけていた。

ジュリアとは、余計なことなど考えずただ会話を楽しめた。年の近い異性と話していてのそれはとても新鮮で、何より彼女のそばはとても心が安らいだ。

細い指先が動くたびに、真摯な眼差しで見つめられるたびに、レオナルドの中にジュリアの存在が居つくのはそう時間がかからなかった。

自分の想いに気づき認め、大切に水をやり育てていこうとしたその想いは、しばらくして蓋をすることになる。

白騎士たちの癒やしであるジュリアの話題は、擦り傷や切り傷、体調不良などで腕のいい薬師である彼女に世話になっている者も多く、騎士仲間の集まりで出ることは度々あった。

「少し前に一緒に食事したことのあるオリバーがいるだろう？　あいつの彼女がジュリアだ」

普段と変わらないはずのその日、何気なく続けられたダンの発言で、レオナルドは頭がかち割られたのではないかと思うほどの衝撃とともに、心が引き絞られた。

「えぇー!!　めっちゃ羨ましいな。スタイル良くて美人で器量良し」

「うわー、俺らの癒やしが。そいつに飽きて俺と付き合ってくれないかな」

嘆く仲間に、ダンは肩を竦《すく》めてその可能性を否定する。

「ないない。幼馴染で付き合って三年以上で、結婚も見据えてるって言ってたしな」

「くそーっ。独り身には寂しい話題だ」

「あぁー。彼女と話すのめっちゃ楽しみにしてたのに。まあ、美人だし恋人いないってことはないかとは思ってはいたけど、黒騎士かー」

しみじみと告げる仲間に、俺も俺もと他も賛同する。

「地味に落ち込むわ。この前、傷治してもらったんだけどさ、腕もいいし、話しててほっとするんだよな」

「そうそう。過剰にやりすぎず、できることをやるって淡々とした感じだけど優しいの伝わってくるし、誰に対しても気負わずって感じの自然体がいいんだよなぁ。まじでそいつ羨ましい」

レオナルドは、今までに感じたことのない痛みと苦しさとともに、繰り広げられる会話を静かに聞いていた。

通常通りの笑みを浮かべながら、「レオナルドは女にモテるから関係ない話か」と言われ適当に相槌を打ちながら、次第に彼らの会話が耳から遠ざかっていくのを感じる。

あの日、ジュリアの手を掴み損ねた手と同じように、芽吹いて見なかったことにするには育ちすぎてしまったらしいそれは、レオナルドの中で浮いたままどこに行くあてもなく、日常に埋もれるように押しつぶされていった。

❖　❖　❖

ジュリアへの想いを心の奥に仕舞い込み職場で会っても変わらぬ態度を貫き、ようやく意識しなくても気持ちを鎮められるようになってきたある日のこと。

ここしばらく王族関係の護衛の強化で忙しく、久しぶりにダンと飲みに行った時だった。

「なんでレオナルドはそんなに付き合う女性がころころ変わるわけ？」

「この人だと思ってお付き合いしてみるけど思っていた感じと違うから、結果として？」

大抵別れを告げられる方なので、ころころ変わるという言葉は心外である。

「本当、詐欺だよなぁ。その甘いフェイスと普段の物腰に騙《だま》されてすごく甘やかしてくれるかと思ってたのに、すっごいドライで冷たいって泣いている女は数知れず」

「優しく接しているはずなんですけどね。ただ、あれやこれやと言われるのは苦手かな」

どうしてもと請われ、フリーだった場合にその時に気持ちが乗ればお付き合いすることもある。

だが、求められることが多すぎて、彼女たちが望むほど彼女たちに気持ちはいかず、仕事を優先してしまうことで終わることの方が多い。

「ふーん。レオナルドを見ているとモテるのを羨ましいと思うと同時に、自称彼女もでてきたりとか大変そうっていう気持ちも強いからどうとも言えないけど」

「白騎士、副隊長というネームバリューは彼女たちの中で旨《うま》みがあるようですよ。情報収集のつもりで少し話しただけでも彼女になるのなら、一体私は何人と付き合ったことになっているのやら」

「ああーっ。本当、顔がいいのも大変だな。その点、オリバーは幸せ者だよな。美人で気立てよくて、しかも国家薬師とか。だけど、一歩引いてオリバーを立ててるところとかすっごくいい。俺もあんな彼女欲しいわ」

ダンのその言葉にレオナルドは眉をわずかに寄せたが、酔っているダンはそれに気づかないまま話を続ける。

「まあ、そのオリバーも最近ちょっと変なんだよなー。あとさ、飲み屋のサラがオリバーと結婚するとか言いふらしているらしいし……。意味が……」

「どういうことだ？」

「うわっ、なに？　急にどうした？」

らしくなく言葉を遮ったレオナルドに、ダンはおおっとと酒をこぼしそうになった。なんとか堪え、こぼれかけたそれに口をつけると、細い目を精一杯丸くしてレオナルドを見る。

レオナルドはオリバーからジュリアの話を聞くのがつらくて、そろそろ本気で忘れなければとここ最近は少しばかり避けていたので、そんな状態になっているとは知らなかった。

ぐいっと顔を寄せて、ダンに詰め寄る。

友人相手だと多少は砕けるものの、家の教育のせいか丁寧に話す癖がついているのだが、あまりのことに口調も乱れてしまった。

「オリバーとサラが結婚？　聞き間違い？」

「俺も直接聞いてないけど、夜の店ではそういう話が出回っているらしい。最近、オリバーは感じ悪くてあまり話してないんだよな。だから、正直なところどうなってるのかわからない。以前のオリバーなら一蹴してたと思うけど、今は、……ちょっと心配っていうか」

それを聞いてから、レオナルドの気持ちは蓋をしたはずのジュリアに傾いていった。一生懸命抑えていたものが、あっという間に溢れ収拾がつかなくなるのも早かった。

ジュリアのことを考えずにはいられず、ふとした瞬間に彼女の姿を探す自分がいた。

ダン以外からもオリバーとサラの結婚の話や、ジュリアとオリバーが別れたらしいという話をあちこちで聞くようになった頃には、とうといてもたってもいられなくなった。

そんな時に限って、職場では忙しいのかジュリアに会えないことが続き、休みの日に会えないかとレオナルドは街を歩き回った。

長年付き合ってきた相手には、もう別に結婚を控えている彼女がいる。それをどうジュリアは受け止めているのかとても心配で、どうしても姿を見ないと落ち着かなかった。

ようやくジュリアの姿を見つけた時は、ひどく安堵し出会えたことに感謝した。

「いっそのこと、契約結婚とか？」

そして、ジュリアのその独り言を耳にした時、それだけ思いつめているのかと思うと、初めて私怨で人を本気で殴りたいと思うほど腹が立った。

「…………、ほんとあいつぶっ飛ばす」

次の恋愛を考えられないくらい傷ついているジュリアに告白しても、断られるのは目に見えていた。だけど、傷ついたままの彼女を放っておけないし、他の誰にも渡したくない。その思いが口に出ていた。

「私、ではダメでしょうか？」

「……えっ？」

「彼を忘れるために、私とともに過ごしませんか？」

契約と思われていても、それを本当にすればいいだけ。

オリバーがいらないのなら、自分が彼女をもらうと決めた。返せと言われても絶対に返さない。

レオナルドはジュリアをひとりにしないと決め、必ず結婚に持ち込んで、自分が幸せにしてとろとろに甘やかすと誓った。

それから、レオナルドは焦りそうになりながらもジュリアの様子を見ながらアプローチし続けた。結婚を了承してもらってからも、ジュリアが警戒しないようにじっくりとゆっくりと確実に距離を詰めていく。

彼女の名を呼べること。

彼女に名を呼んでもらえること。

それだけで諦めていたことが、諦めようとして諦めきれずにずっと重りを抱えたような気持ちであったことが嘘のようで、レオナルドは舞い上がりそうになった。

一緒に生活をし、彼女に触れることを許され、触れ合える関係であることが奇跡のようだとさえ思う。

今の幸せを噛み締めレオナルドが自然と口元を綻ばせると、なんだかんだと長い付き合いになるダンがちろりと視線をこちらに向け、激務明けの疲れとともにはぁっと息を吐き出した。

「レオナルドさぁ。ジュリアと結婚するって聞いた時も驚いたけど、本当に本気だったんだな？」

「当然です。結婚ですよ？　人生をかけて大事にしたい人以外となんて一緒に過ごすことはできません」

定期的に白騎士と黒騎士とで行われる合同調査で問題が出たため、合同の時によく組むダンとそれの後始末に追われていた。

夫婦になってから、以前よりも休みは合わせやすくなったものの、互いにどうしても外せない仕事もあるのですべてが思い通りとはいかない。

少しでもジュリアと長く一緒にいたいレオナルドは、この日の観劇デートを楽しみにしていた。朝、あれだけジュリアを抱きしめてキスもして補給したのに全然足りない。

仕事だから仕方がないと理解しているが、予定していた時間に間に合わなくなり、こんなにも仕事を早く終わらせたいと思ったことはなかった。

「そうだけどさぁ。そんなに熱い男だったか？」

「別に今までクールぶっていたわけではありませんよ」

親しくなった女性から冷たいとたまに言われてきたが、正反対の言葉にレオナルドはふっと自嘲する。

「まあ、それが地だもんな」

「それがというのもよくわかりませんけど、物足りないと言われてきた理由が、今ならわかる気がします」

ジュリアのことを想うと、次から次へとしてあげたいこと、一緒にしてほしいことが浮かんでくる。その想いが熱さとなっているのなら、ジュリア限定で熱い男となるのだろう。

「ふーん。それだけ本気で想ってるってことなんだな」

「まあ、そうですね。ジュリアにはまだ伝えてませんが」

「えっ？　そうなの？」

驚くダンに、レオナルドは肩を竦めた。

「ええ。まだ男性に心を預ける気はないようですので言葉では信じてもらえないかと。負担になって逃げ腰になられても困りますし。態度や他の言葉ではずっと伝えているつもりなので、少しずつとは思ってます」

「うわぁ。本当に本気だ」

目を丸くして手を止めたダンを、レオナルドは冷ややかに見据えた。

「だから、そう言っているでしょう？　というか、まだ終わらないんですか？　本来なら今頃ジュリと」

「わかった。わかった。この報告書が書けたら終わりだから」

結婚を報告した人には自分がジュリアを好きであることは隠していないし、きっと気づいていないのは当の本人だけだろう。

オリバーのこともあって信じたくないだけかもしれないが、レオナルドは諦める気も逃す気もないので、これからも誠心誠意ジュリアの心を溶かしていく努力をするのみだ。

明確な言葉で告げるのは、それからでも遅くないと思っている。

「さっさとやってください。せっかくのデートに遅れるなんて最悪です」

「今までデートに遅れることなんて、連絡入れてるからって気にしたこともなかったのに」

話を聞いていなかったのだろうか。ジュリアと他では違うと伝えたばかりだと、レオナルドは呆れたような声とともにじとりと目を細めた。

「ジュリは特別なんですよ。まだ新婚なんです。デートを楽しみにして何が悪いのですか」

「だぁーっ！　もう、爽やかに色気込みの殺気やめてくれない？　器用というか妙な特技というか。本当にジュリアが大事なのはわかったし、俺としても全く知らない人じゃないから、彼女がレオナルドとともに幸せになってくれるならいいって思ってるから」

ダンなりの祝福の言葉に、レオナルドはにこりと微笑んだ。

「ありがとうございます」

「はぁー。レオナルドといい、オリバーといい、何がどう変わるかわからないものだな」

「そうですね」

レオナルドはオリバーの名前に軽く眉を跳ね上げるに留め、小さく返事をした。

まだ、ジュリアはオリバーのことを忘れていない。

幼馴染でもあったので長い年月とともに思い出も多く、裏切られてもなお、優しいジュリアはあいつだけのせいにして簡単に割り切れないのだと思うと、本気でオリバーに腹が立つ。

今までそれなりに女性と付き合ってきたが、こんなにも身のうちを焦がすかのように欲しいと思うことは初めてだった。

だからなおさら、そんな大事な相手を成り行きはどうなのかは知らないが、裏切ったことが信じられない。

ここ最近漏れ聞こえてくるオリバーの不評は、推測の域を出ないが浮気をしたことから始まったのであろうと思っている。

もともと優しいやつだからとか、真面目だからとか、オリバーしかわからないことだってあるだろうが、はっきり言えば優柔不断だっただけだ。己の仕出かした結果に責任は取るべきだろう。

結婚すると噂が出回っているわりにしたという噂もなく、ダンからもまだ役所に届けは出してないらしいと聞いているので、余計に中途半端に、優柔不断に見える。

ダンとそんなやりとりをしながらようやく仕事を終え、足早に待ち合わせの場所へと向かう。

ジュリアからは先に出かけて時間になったら向かうと聞いていたが、その彼女が道を挟んで向かいにある店に入って行く姿を確認し、そこで話しかけられたのかオリバーたちと対面しているのを見た時には肝が冷えた。

――ジュリアをこれ以上傷つけさせない。渡さない。

瞬間的に沸騰する思いとともに、レオナルドは彼女のもとに駆け出したのだった。

第七章　それぞれの夜

沈みゆく夕日が生み出す影がすっかり濃くなっていくなか、ジュリアたちは行き交う人々の合間をぬって歩いていた。

終始甘い眼差しとともにレオナルドに紳士的にエスコートされ、心ゆくまでデートを堪能したジュリアの足取りは軽かった。

思わぬオリバーとの再会で後味が悪いこともあったが、結果的にレオナルドがあしらってくれたこともあって、心に溜まっていた大きな澱みがひとつ昇華されたような清々しさがあった。

オリバーとは過去のこと、今はレオナルドがそばにいて、彼との時間の方が大事だと思った。

劇も噂通り素晴らしく、観終わったあと予定通り外で食事をしても良かったが、なんとなく二人とも少しでも早く家に帰りたくて、夜は食材を買って一緒に料理をしようということになった。

明日は二人そろって一日休みで時間を気にせずゆっくりできると、何軒かお店を巡って食材やお酒を選び、その帰りにお揃いのカップも取りに寄った。

ジュリアは梱包《こんぽう》されたカップの入った袋を左手に、レオナルドは食材を右脇に抱え、互いの空いた手は当然のように繋がれている。

その当たり前になってきた温もりと、離さないとばかりに指を絡められた繋ぎ方に、ジュリアは小さく口の端を緩めた。

「今日はとても楽しかった。また観に行きたいですね」

「ええ、見応えがあり私も楽しかった。ですが、遅れてしまって申し訳ありません」

レオナルドはどうしても気になるのか、何度目かの謝罪にジュリアはゆるく首を振る。

「仕事ですし、魔道具で連絡入れてくれていたので大丈夫ですよ」

「それでも、せっかくのデートだったので悔しいです」

眉尻を下げて苦い後悔の色が浮かぶレオナルドに、ジュリアは言葉を重ねる。

「観劇には間に合いましたし、それに待ち合わせじゃない場所で私を見つけてくれたじゃないですか。正直、あの時とても嫌な気持ちになったのですが、レオが来てくれてからはどうでもよくなっちゃいました」

「……お相手もいましたが、大丈夫ですか？」

ためらうように訊《たず》ねられ、もしかしたら時間がずれなければ会わずに済んだと気にしてくれているのかもしれないと気づく。

ジュリアがじっと見つめると、レオナルドの顔には無理やり微笑んだかのように見えるぎこちない笑みが浮かんだ。気遣いや苦しげな想いが伝わってきて、目元が熱くなる。

ジュリアの中ではすっきりしたことであっても、レオナルドはジュリアが傷ついたのではないかと、遅れたことを後悔するほど気にしてくれているようだ。

ジュリアはレオナルドの憂いを払いたくて、絡めている指に力を入れた。

弱々しく見える笑顔を見つめながら、未練も憤りさえなくなったこと、そして伝えたい想いとともに明瞭に告げる。

「はい。レオがはっきりと言ってくれたし、私も言いたいことは言いました。全く何も思わないわけではないですけど、オリバーとのことは過去のこと、あの時に言ったように今向き合っている人と、レオとの時間を大事にしたいって思います。迷惑ですか？」

「迷惑だなんてありえません。ジュリがあいつのことを負担に思わなくなっていること、私との時間を大事に思ってくれているのは嬉しい限りです」

途端、ふわりと晴れやかな笑顔になるレオナルドを見て、ジュリアの気持ちは温かくなる。

「そのように言ってもらえると私も嬉しいです。あと、オリバーと彼女のこと、私の耳に入らないように気を遣ってくださってありがとうございます」

「いえ。わざわざ話す内容ではなかったですし、むしろ私とのことに集中してほしかったので、お礼を言われるようなことではありません」

「それでもです。ずっとレオが気にかけてくれていたおかげで気持ちは軽くなっていきましたし、今日のことでだいぶ吹っ切れていると自覚できました。あの日、レオが私に声をかけてくれて、ずっと一緒にいてくれたおかげです」

ジュリアが溢れる感謝を口にして見上げると、思いのほか近い距離で目が合った。

夕日に照らされた黒の瞳が赤く染まり、わざわざ腰を折り曲げて覗き込んでいたらしいレオナルドは、そこでふよっと頬を綻ばせ、んんっとごまかすように咳払いをした。

両手がふさがっているため隠しきれないその表情を間近で見たジュリアは、自分の言葉に反応してくれる姿に思わず笑いそうになる。

色気が混ざる美貌に加え、器用で完璧に近いのではと思うほど気配りもでき頼れる男性が嬉しさを隠しきれないでいる表情に、親近感と愛しさが募る。

夕日のように暖色に灯る温もりが、少しずつ、少しずつ、ジュリアの胸の中で育っていく。心地よい穏やかな気持ちで、レオナルドと一緒に過ごせることに満たされた。

ぽかぽかと温かい気持ちのまま家に帰ると、さっそくとばかりにキッチンに立った。

煮込み料理とサラダにする予定なので下ごしらえをしてしまえば、あとはゆっくりできると二人で色違いのエプロンをして取り掛かったのはいいのだが、ジュリアはそわそわしながらレオナルドの手元を見ていた。

「レオ、指、切りそうです」

レオナルドが持っている包丁は、力を入れなくても刃を当ててるだけで固いものもすっと切ってくれるので、時短にもなって重宝する魔道具だ。

力があまりないジュリアにはとても便利であるが、剣を扱うのに包丁は不得意らしいレオナルドが持つと、その勢いで指まで切ってしまわないかずっとドキドキしていた。どうにも具材を押さえる手と、包丁の角度が気になって仕方がない。

「さすがにそれは大丈夫」

「でも、あっ、やっぱり代わります」

大丈夫と言ったそばから、まっすぐに伸びた指のギリギリ手前のところでストンと刃が下りる。ジュリアは見ていられず、レオナルドの包丁を持つ手を取った。

「すぐに慣れてみせますよ。ジュリの作る料理はどれも美味しいのでたくさん食べたいですが、余裕がある日は一緒にこうやって作ってもいきたい」

目元をふわりと染めてやる気を宿した双眸を向けられ、ジュリアは手を引いた。一緒に作っていきたいと言われて、どうしてそれを断れるだろうか。

はらはらはするけれど、苦手でも挑戦していこうとするレオナルドの姿勢は好ましくて、ジュリアは見守りながら自分も手を動かした。

オリバーも料理全般が苦手であったので、運ぶなどの手伝いはしてくれたけれど一緒に作ったことはなかった。

それを不満に思ったことはなく、得意、不得意で作業を分けるのはいいと思っていたし、時間がない時やしんどい時は、外での食事やできあいものとで困るようなことはなかった。

けれど、こうして不得意ながらも一緒にやっていこうというレオナルドの申し出は、動いたことのない胸の奥の部分がとくんと弾み、ゆっくりと広がる波紋がじわじわと喜びに変わる。

ジュリアは表情を和らげて、くれぐれも注意してほしいと言い添える。

「そういうことでしたら、わかりました。でも、気をつけてください」

「ええ。気をつけます。ジュリと一緒に、しかもジュリの料理を食べている私は今までにないくらい仕事もはかどっていますよ。だから、ジュリにもそれを実感してもらえるように上達したい。実は今日も好調すぎて、仕事を押しつけられてしまい遅れました」

気遣うように優しい言葉がすらすら出るのは、レオナルドの性格なのか。やる気を伝えるとともに褒められ、ジュリアは肩を揺らした。

「ふふ。頼りにされているのですね。私の料理や一緒にいることでそこまで効果があったら驚きですが」

「それくらい美味しいですし、実際栄養も考えていただいているので、好調にならない理由がありませんから。ジュリがいるだけで気持ちも安らぎますし」

「私もレオといるだけで、気持ちが和らいでいます」

たまにどきっとすることもあるけれど、一緒にいて心地よいのは本当だ。特に今日はレオナルドの存在のありがたさを再度実感する出来事もあったため、するりと言葉が出る。

「ジュリと過ごせて幸せです」

「私もレオと一緒にいると幸せです」

なんだか褒め合いみたいになったので、少し照れたように顔を見合わせた。間合いだとか、互いに緩んだ表情だとかがくすぐったくて、ふっと小さく吹き出すと調理を再開した。

はらはらしながら具材を切り終えるのを見守り、大きな鍋に玉ねぎや人参《にんじん》を入れて炒《いた》め、カウドバーという牛よりもさらに大きな家畜の肉を投入した。

肉の色が変わったら水と自家製ハーブを入れてじっくりと煮込んでいくと、とろみが出てぎゅっと旨みが詰まったシチューが出来上がる。

カウドバーの肉は臭みが強く家庭では調理が面倒くさいと敬遠されがちだが、臭みさえ取れれば美味しく食べられ栄養価も高いので、レオナルドが気に入ったらさらにこれからもいろんなハーブで試しながら使っていきたい食材のひとつだ。

レオナルドとの時間は、どれもこれも穏火《ぬるび》を眺めているような癒やしとともに温かさが伴うものばかりで、何気ない一つひとつが日常を彩っている気がした。

楽しそうに鍋をかき回しているレオナルドを眺めながら、ジュリアは心から笑みを浮かべてサラダの準備に取り掛かった。


寝室の大きなベッドが、二人の重みで揺れる。

食後にまったりし、明日も休みだしこのまま寝るか、何かするかという話になったら、もっとくっつきたいとレオナルドに口づけられたまま寝室に運ばれた。

「……んっ、レオ」

「ジュリ。ぎゅっとくっついて」

ベッドに座らされながらも口づけは止《や》まず、さらにのしかかるように求めてくる相手の肩をジュリアは押した。

抵抗というほど強いものではないがレオナルドは唇を離すと、かすかに上がる息とともに情欲をちらつかせ請うようにジュリアを見つめてくる。

「レオ」

その瞳に煽られ名を呼ぶと、レオナルドはこつんと額をくっつけてきた。

「ジュリがオリバーの前で私と一緒にいる時間を大事にしたいと言ってくれたのがとても嬉しくて。この気持ちをもっと伝えたいし、もっともっとジュリの中を私で満たしたい」

「つたわっ」

愛情というか、大事にされていることはしっかり伝わっている。

レオナルドのおかげで恋愛とは無縁だと思った結婚生活には甘さが含まれ、それは思わぬ潤いをもたらし、当初の想像とは違った穏やかさであるが充実した日々を送れていると思っている。

本心からの言葉は、言い切る前にレオナルドによって遮られた。

「まだ伝えきれてない。もっともっと境目なく混ざり合いたい。今日は服脱いで一緒にくっついて寝よ？」

最後は耳元でささやかれ、直接シャツの下に手を入れて肌を撫でてきた。

「くっつくだけ？」

「そう」

「本当？」

くっつくだけで終わったことはないなとじっと見上げると、形の良い唇が引き上げられる。

「くっついて触るけだけ」

レオナルドの大きな手は次第に上へ上へと登り、膨らみを押し上げた。

下着の隙間から長い指が入り込み、遊ぶように這《は》い回《まわ》っていた指は意図して胸の尖《とが》りに触れると、先端部分をかりかりと爪でひっかいてくる。

「あっ」

「ね、ジュリ。一緒に気持ち良くなりたい。たくさんくっついて触れ合って、ジュリには気持ち良くなってもらいたい。ほら、ここも硬くなってきた」

「それは触るから」

きゅっと摘《つま》まれて、下着をずらされる。穏やかな笑みを浮かべながらも、その双眸は欲望に濡れ、誘うように動かす手は次第にエスカレートしていった。

「ジュリに反応してもらわないと、ね。ほら、ここもじんわり濡れてきてる」

「……もうっ」

するりと片方の手が、ジュリアの下腹部へと触れた。すっと下着の上から割れ目をなぞられ、じわりと濡れたことを指摘されて、ジュリアは真っ赤になった。

爽やかだと思っていたレオナルドは、夜のことになると色っぽさを伴って積極的に言葉とともに攻めてくるので、ジュリアは逃げる隙がなかった。

言葉遣いもこの時は丁寧さがさらに抜け、ジュリと呼ぶ声も甘ったるいものに変わる。

「ね、ジュリ。ここは私のこと嫌じゃないって言ってる」

濡れたところに指を入れられ、くちゅりとかき混ぜられる。すっかりレオナルドの愛撫《あいぶ》に慣れた身体は、求められ触れられるだけで期待するように疼いた。

「いじわるっ」

「なぜ？　ジュリが私を欲しがってくれるまでは待ってるよ。でも、夫婦なのだからたくさん触れ合いたい。いいでしょ？　ね、ジュリ。言葉にして」

「…………いぃっ」

小さな声で了承の意を告げると、レオナルドは、んっ、と首を傾げ、そっとジュリアの頬に触れた。乱れた髪を撫でるように梳《す》き、濃密な空気を醸し出しながら、ゆるりと口元を緩めて駄目出ししてくる。

「ジュリ。聞こえない。ほら、聞こえるように言って」

ベッドの上のレオナルドは、ちょっぴり意地悪だ。ジュリアは顔を真っ赤にさせて大きな声で告げた。

「レオとくっつきたい」

「そう。あとは？　気持ち良くなりたい？」

もう、本当に意地悪だ。

ゆるゆると指を回され、いつの間にか脱がされた上半身から露《あら》わになった胸の先端をぱくりと含まれながら問われる。

「んっ、レオも」

「私もジュリを触っているだけで気持ちいいから。ジュリが触れることを許してくれるの、本当に嬉しいよ」

やっと納得してくれたらしいレオナルドは、己の服を脱ぎ捨てるとジュリアの服もすべて剥《は》ぎ取《と》り、互いの熱が伝わるように抱きしめてきた。

積極的に誘って仕掛けてくるのに、恋愛ではなく身体を結ぶことに対してジュリアが抱くわずかな葛藤を見透かしてか、最後まではレオナルドは決してしない。

それはジュリアの方がもどかしいと思うほどで、どうなった時にそう伝えるのが正解なのか、ジュリアはさらに悩むことになっていた。

いいと言ってしまいたいのに、言えない。

どちらも経験はあり、ここまで触れ合っていて今更感があるのは互いにわかっている。

だけど、なぜかそこだけ神聖化されてしまったかのように、簡単な言葉で超えてしまってはいけない空気はあった。

最後までしない代わりにキスは多く、温もりを伝え合おうとするばかりのレオナルドのこのような行為が、ジュリアの心をさらに溶かす。

ジュリアもゆっくりと広い背中に腕を回し、近づいてくる気配に瞳を閉じてキスを受け入れた。

その際にカーテンの隙間から見えた夜空には、満月まであと少しの明るい月が浮かんでいた。

❖　❖　❖

やけに明るく感じる月が苛立たしくて、オリバーは乱雑にカーテンを閉めた。

「オリバー、オリバーったら」

「ちょっと、黙ってくれ」

「もうっ！」

先ほどから腕を掴みながら話しかけてくる恋人の声がうるさくて手を振り払うと、サラは横でむぷぅっと頬を膨らませた。

可愛らしい食器を新しく揃えたいと言われ店へと連れて行かれたオリバーは、そこでジュリアと再会してから気持ちが乱れていた。

料理をめったにしないサラは、新しい食器の上に買ってきたばかりのものを並べて満足そうにしていたが、オリバーは少しも気持ちが晴れなかった。

サラとは、ジュリアとの関係がぎすぎすして飲み歩いていた時に知り合った。

当初はただ気晴らしに飲みに行くだけで飲み屋の店員と客であり、オリバーは浮気だとか火遊びだとか考えてもいなかった。

ジュリアは自慢の恋人で、自分にはもったいないくらいいい女で、大事にしたい、いずれは結婚したいと本気で思っていた。

だが、彼女は夢であった国家薬師となってから活躍目覚しく、有能さを知るたびに自分がくすぶったままなのが気になった。どうしようもないとわかっていても、自分の立場とジュリアの立場を比べてしまう。

自分の方がひとつ年上であり、先に王都に出てきていたこともあり、惚れてはいても自分より稼ぎのいい仕事について、美人で気立てのいい彼女は他の男の目をよく引いて気が気でなかった。

王城勤務で白騎士との接点もあったりと、ジュリアがよそ見するのではないかとか、他の男が声をかけたりするのではとか、どうして自分は黒騎士なのだとかをつい考えてしまう。

ジュリアが浮ついたタイプではないとわかっていても、どうしても自分の自信のなさをジュリアにぶつけてしまう。それを避けたくもあって、イライラしそうな日は外に出るようにしたのだが、そこで声をかけてきたのがサラだった。

その日は、白騎士の活躍に思うこともあって、多めに酒を飲んでいた。

深く酔っていてはっきりと覚えていないが、気づけば全裸で寝ており横には情事の跡が色濃く残るサラが眠っていた。

最初は動揺したが、二度目、三度目と誘われ、オリバーはなし崩し的にサラと関係していった。

「ねえ、オリバー。私たちはいつ結婚するの？」

腕を絡められながら言われた恋人の言葉に、鳩尾《みぞおち》がぞぉっと冷たくなった。彼女が話すたびに、ざわざわとノイズが入るようで気分が悪い。

するりと回された腕が、今も、店でもなんだか蛇に巻きつかれたような気持ちになった。

サラとは酔った勢いで始まったが、浮気をしたという罪悪感とともに背徳感もあり、サラとの関係はどこか鬱屈として考えもしかったものが刺激されて、誘われるたびに身体を重ね、ひどく気持ちが高揚するものとなった。

甘え上手でもあったし、黒騎士であることを非常に誇らしげに褒めてくれるサラの言葉に、オリバーの気持ちは満たされた。

ただ、あくまで浮気のつもりだった。少しだけ。そうしたら、ジュリアに戻る。あくまで気持ちはジュリアにあるつもりだった。

だが、あっけなくその考えは壊れた。

避妊には気をつけていたつもりなのに、お腹に命が宿ったと聞かされ驚いた。だがすぐ、自分が彼女とお腹の子供も守らなければと思った。

長年付き合ってきたジュリアには悪いことをしたと思うが、サラは俺を必要としてくれる。それがひどく心地よく、守らなければならない存在に心を強くした。

あまり記憶のない初日にどうやらやらかしていたらしいと知り、してしまったことの責任は取ろうと思った。

サラは可愛いし、気立ても良く仕事も含めてなんでもできるジュリアより、彼女はか弱く俺が必要だ。

そう、強く強く思ったはずなのに、少しずつ違和感が膨れ上がる。

お腹の中に子供もいるから、これから幸せになるんだ、そう思うのになかなか気持ちが上がらない。

「妊娠がわかってから周囲には結婚するって言っているのに、なかなか籍を入れてくれないの負けてるみたいで恥ずかしい」

「どういうことだ？」

負けてる？

誰と比べて？

……恥ずかしい？

「だって、お腹に赤ちゃんがいるんだよ。なのに、まだ籍も入れてないし。籍入れないと騎士は独身寮から出れないでしょう？　早く一緒に住もうよ」

「……ちゃんと考えてはいる。それよりも、負けてるって？」

「だって、ジュリアさんはお揃いの指輪してたよ。しかも白騎士のレオナルド様と。左薬指だったし、付与魔法まで付いてたしきっと本気だよ。それなのに、お腹に子供のいる私たちは指輪もないしまだ結婚してないなんて」

サラの言っている言葉はわかるようでわからない。『しかも』というのも、『白騎士』というのも、どうして自分たちと比べる必要があるのか。

確かにオリバーは結婚を渋っているし、最初の意気込みはどこへやら不安感が拭えず腰が重い自分も悪いのだが、少しずつサラの発言に違和感を覚える。

自分はどうして彼女がいいと思ったのか。

大事なジュリアを裏切ってまで、どうして彼女を選んだのかがわからなくなる。

あとで聞かされた、サラにも恋人がいたということ。サラも浮気であったことも気になって、どこかでお腹の子供は自分との子なのかどうかも疑っていた。

「サラ。悪いが今日は帰る」

「なんでよっ」

ジュリアが知らない間にレオナルドと揃いの指輪をするまでの付き合いをしていた事実は、オリバーには衝撃的で気持ちがぐらぐらと混乱したまま抜け出せない。

「結婚のこともちゃんと考えるから少し待ってくれ」

「待つって、お腹に赤ちゃんいるんだよ？」

「それも、わかってるっ」

ジュリアなら自分がいなくても幸せになれると思っていたから、サラを選んだ。

だけど、実際にレオナルドに控えめにだが甘え、お互いに大事に思い合っているとばかりの穏やかな笑みを浮かべ合う姿を見て、自分は何をしているのかわからなくなった。

恋人のお腹の子供はどちらの子かも確信がつかず、挙句の果てに白騎士の特別発言。

オリバーが騎士だから、サラはこうやって甘えてくるのではないだろうか。

騎士でも黒よりは白が上、そう思っていることが見えてしまい、なんだかいろんなことが急激に冷めてしまった。

もう一度、ジュリアと話がしたい。

ジュリアはそんなことなど関係なく、オリバーを見てくれていた。ずっと支えてくれていた。

そんな彼女を、レオナルドに取られた。いつの間にレオナルドと、そう思うと、頭がぐつぐつと煮えてくる。

自分が仕出かしたこと。そうわかっているのに、取られたと思う気持ちが止まらない。気持ちも頭もぐちゃぐちゃだ。

ジュリアといた頃は、美人で国家薬師という出来すぎた彼女にたまに男として思うこともあったものの、オリバーさえ気持ちが落ち着いていたら常に優しい気持ちでいられた。

ジュリアもオリバーの仕事を誇りに思ってくれていて、そのために美味しい料理を作るのだと気持ちを込めてくれていた。それをどうして忘れてしまったのだろうか。

力が漲《みなぎ》り仕事もうまくいっていたし、仲間にも恵まれてやりがいもあった。だけど、ここ最近はそれもうまくいかない。

どうしても一度サラから距離を取って、優しいジュリアと話したかった。

なぜサラと関係してしまったのか、どうして飲み歩いたのか、そのことばかり思う。

それがなければ、サラと関係することもなく、今頃は……。そう思う気持ちが止まらない。

「あの頃に戻れたら……」

しばらく悶々《もんもん》とした日々を過ごしたオリバーは、ジュリアに会いに行くことにした。

予想はしていたが前の部屋は引き払われていたので、仕事が終わるだろう時刻に直接捕まえようと、ジュリアの職場へと向かった。

第八章　迷惑な来襲

ぶくぶくと沸騰させて煮詰めた薬品の独特の香りが漂い、ごりごりと薬草を擦る音のなか、終業ベルが鳴るとちらほらと椅子を引く音がした。その際に、パリンとガラスが割れる音がして、「嘘だろーっ」と叫ぶ声。

「ご愁傷様。お前は普段から散らかしすぎなんだよ」

「うっさい。ああー、今日は徹夜だ」

近くを通りかかった同僚の声に文句を返しながらがしがしと頭を掻《か》くと、割った本人は面倒くさそうに箒《ほうき》を取りに行った。

心配で様子をうかがっていたが、日常茶飯事の出来事にジュリアは机の周りを整理して、帰りに提出する書類を手に席を立った。

今日の夕飯は何にしようかと、家にある材料と帰りに何を買うかを考える。なんでも喜んで美味しそうに食べてくれるレオナルドの顔を浮かべるだけで、ジュリアは幸せな気持ちになった。

ついつい緩んでしまいそうになる口元をなんとか引き締め、退勤の挨拶をする。

「お疲れ様でした」

「お疲れー。ジュリアは最近いい顔するようになったわね」

「いい顔ですか？」

職場は男性が多いなか、二児の母である先輩の後ろを通るとそう言われ、ジュリアは立ち止まり首を傾げた。

「そう。長年付き合っていた彼と別れて、一時期落ち込んでいたでしょ？」

「その節はご迷惑をおかけしました」

周囲に迷惑かけないようにと職場で引きずらないようにしていたつもりだったが、表情に出ていたらしい。

「落ち込む時は落ち込んだ方がいいのよ。むしろ気丈すぎて逆に心配だったけどね。しばらくしたら結婚すると言ったそのお相手の名前を聞いた時は、また別の意味でものすごく心配したけど」

「別の意味ですか？」

初めて聞いた心情に、ジュリアは目を見張る。すると、先輩は窓の外に視線を一度投じて、ジュリアを見ると微笑んだ。

「だって、モテすぎて噂もすごい人だったからね。騙されたり遊ばれたりしてたら困るなと心配してたのよ。まあ、白騎士様がジュリアのことをすごく好きなんだなっていうのが伝わってきて杞憂《きゆう》に終わったけど」

レオナルドはどこでもジュリアのことがとても好きだと堂々と言ってのけるので、自分たちの結婚はレオナルドが惚れたうえでの猛プッシュだと認識されている。

どのように反応していいのかわからず、ジュリアは苦笑した。

それと同時に、随分周囲にオリバーのことも含め心配をかけていたことを知り、ジュリアは頭を下げた。

「ありがとうございます。いろいろありましたが、今は幸せです」

「そう。それは良かったわ。白騎士様にもよろしくね」

「はい。では、お先に失礼します」

一時期はすべてを否定されたようで何もなくなってしまったのではないかと思うくらいだったが、こうして心配してくれている人がいる。

それに気づけたこと、自分がどれだけ恵まれているかを知り、ふわっふわっと温かな感情に包まれた。

幸せだと思えることが嬉しくて、そう思わせてくれるレオナルドに早く会いたいなと思いながら、書類を出し職場の門を出たところで、姿を見せた相手にジュリアは眉を寄せた。

「ジュリア。会えて良かった」

「……オリバー」

思いつめたようにじっと見据えてくる彼のその言葉は、ここで誰を待っていたのか明白だった。

すっかり気持ちは割り切れてはいるものの、先日会ったばかりで何の用事なのかと思うと、上向いていた気分は一気に下降した。

何を言われたところで、もう気持ちは動かない。どんな些細《ささい》なことも彼のことで動かしたくない。

そうは思っているが、自分たちが付き合っていたことは周囲には知れ渡っていたので、このような目立つところでの待ち伏せに腹が立ちそうになる。

だが、ここまで来て簡単に引き返すはずもないだろうし、かといって場所を変えて二人きりになるのも嫌で、ジュリアはこのまま話を続けることにした。

「どういったご用件でしょうか？」

「……っ、サラのお腹にいるのは俺の子供ではないかもしれない」

そう言われても困る。聞いたところでどう言えというのか。

「だから？」

思った以上に平坦な声が出た。

浮気したことは変わらないし、一方的にジュリアを切り捨てて彼女のところに行ったのはオリバーだ。違うからどうだというのだろうか。

「悪かったと思っている。ジュリアとの時間がどれだけ良いものなのかよくわかった。できたら、前のように戻りたいと思うほど」

「それはできないのわかってるよね？」

レオナルドもジュリアもわざわざ近況を詳しく教えるのもと思い、結婚していると明確には告げてはいないが、レオナルドと付き合っていることはお揃いの指輪で気づいているはずだ。

それに、過去はどうあれそれぞれでやっていきましょうね、と話したばかりだ。

ジュリアは、顔色が悪いように見えるオリバーを見上げた。

顔つきや気配がジュリアの知っているものと違い、近いのに一枚壁で隔たれたような感覚だった。

オリバーはぐっと手を握り込み迷うように左右に視線を揺らしていたが、挑むようにジュリアを見てきた。

「どうして、レオナルドと？」

ジュリアはしんなりと眉を寄せた。

オリバーの裏切りから始まった自分たちの関係を、いろんな感情の経過やしてもらったことを、簡単に切り捨てそっちがうまくいかないからとすり寄ってくるような人に話したくない。

どこか病んだようなオリバーを前に、どのように対応するのがいいのかとジュリアは唇を噛み締めた。

「ジュリア」

彼に名を呼ばれるのも違和感しかない。愛称で呼ばれないだけマシであるとさえ思う自分は、レオナルドにすっかり馴染んだのだと思った。

オリバーのことを冷静に考えられていることに安堵し、ふぅっと息を吐くと正面から視線を合わせた。

「質問に答えるかどうかは別として、自分の勝手さ理解している？」

恋人としての未練はない。だけど、幼馴染でもあった。だからこそ、己の身勝手さは認識してほしくてジュリアは口を開いた。

オリバーはオリバーで思うことはあるだろうけれど、それはそっちで処理をしてほしい。

そう思ったので、ただそれだけを口にした。

「悪かったとも思っているし、勝手だともわかっている。だけど、どうしても気になって。ジュリアがレオナルドといるのが納得いかないというか、気持ちの整理がつかない。このままじゃ……」

このままじゃ、何だというのか。

自分で一方的に切り捨てておいて、本当に勝手である。

勝手だと自分で申告してさえいれば、許されるとでも思っているのだろうか。あの時、傷ついたジュリアの気持ちは何だったのだろうか。

真面目で優しい人ではあったけれど、元はと言えば自分が仕出かしたことでのこの現状に、自分の気持ちの整理がつかないからと、別れた恋人のところに来るのはおかしいと思う。

真面目で優しい人という評価が、こういう時はとてもひどく頼りなく映る。

ただの甘え。自分に余裕がなければ優しさも見えなくなるのなら、それはとても薄っぺらいものなのだと思った。

結局は自分が納得できるような話をしてくれと言っているだけで、思ったような話でなければ納得しないのだろう。

それなら話すだけ無駄であるし、やっぱりレオナルドとのことは大事にしてもらっていることも含め、自分の中に丁寧にしまっておきたい。

——会いたい。今、すごくレオナルドに会いたい。

当たり前のようにレオナルドのことを考え慕うこの想いが、ようやく何なのかとジュリアは気づいた。意識すると、今まで見てきたものが違って見える。

もしかしたら、と思考しさらにレオナルドに会いたいと思う気持ちを募らせ、余計にオリバーとの関係をしっかりと終わらせなければと思った。

何を言えば納得するのか、どう言えばこの場は収まるのか。どうやったら終わらせられるのかが見えなくて、ジュリアは口を引き結んだ。

何も言わず黙り込んだジュリアに焦れたのか、オリバーは顔を強張らせ冷静さに欠けた苛立ちと渇望を見せる双眸でジュリアを射抜いた。

「ジュリア、もう一度話し合いたい」

「……ちょっとっ」

力強く腕を掴まれ痛みに顔をしかめるが、オリバーにそのまま逃げるなとばかりにぎりっと力を込められた。

ジュリアは腕を振ろうと抵抗を試みるが、騎士である彼に敵《かな》う力もなくずるずると引っ張られる。

痛みと自分のことばかりで思いやりのないオリバーの行動に、ジュリアは目頭が熱くなった。掴まれた腕も、胸も鈍化していくようで気分が悪くなる。

「なんで逃げようとするんだよ」

「なんでって」

もう終わったからだ。

今更だからだ。

なりふり構わず叫ぼうか、でも、と考えていると、バチバチと背後の方で放電するような音がした。

「ジュリ」

名を呼ばれ、周辺が青白く光るのを細めながら目を凝らすと、オリバーの右肩に向けて凝縮した光が放たれた。

それと同時に、背後からふぅーっと息を荒くしたレオナルドが、ジュリアを庇い抱きしめるように左腕で一歩後ろに引っぱる。

「うわぁっ」

オリバーは声を上げてジュリアの腕を離すと、ずざざざっと身体が吹っ飛び道を挟んだ反対側の壁に大きな音を立ててぶつかった。

見事に決まった攻撃魔法と身体が弾かれる様が、やけにゆっくりと見える。

「ジュリ」

再度名を呼ばれ、ようやく思考が動き出したジュリアは驚きで硬直していた身体から少し力を抜いた。レオナルドの匂い、どくどくと伝わる激しい鼓動にもう大丈夫なのだと思える。

白騎士服姿のレオナルドは魔力を放った剣を一振りしてさっと鞘《さや》に戻すと、オリバーに掴まれていたジュリアの手首に視線をやり、赤くなっているのを見て舌打ちする。

労わるようにジュリアの手首をそっと撫で、さらに身体を引き寄せてきた。

「大丈夫ですか？」

彼が、レオナルドがいる。それだけでジュリアの気持ちはふわっと浮き上がった。

「はい。少し赤くなっただけなので。レオはどうしてここへ？」

驚きながらも、安心感の方が強くてそのままレオナルドに身体を預ける。

頼もしい身体に支えられ、オリバーの登場で緊張していた身体の力が、すうっといい感じで抜けていくのがわかった。

「オリバーがジュリアを待ち伏せしていると、心配した人たちが私のところまで教えに来てくれました」

「そっか……」

ジュリアはまだ激しく打っているレオナルドの鼓動が響く胸のあたりに、すりっと顔を寄せた。

レオナルドはこの時間は仕事のはずなのに、ジュリアが困っているのではと駆けつけてくれた。

また助けられたことへの感謝と、レオナルドに会いたいと慕う想いがふつふつとこみ上げる。

じっと見つめると、それに気づいたレオナルドはとろけるような甘い瞳で見下ろし微笑み、ついっとオリバーの方へと警戒するように視線をやった。

ジュリアも心配でオリバーを見た。単純に怪我をしていないかの心配もあるが、レオナルドがやりすぎてしまって悪く言われることも気になった。

「大丈夫ですよ。手加減はしましたし、普段から鍛えている騎士はこれくらいでへばりませんから」

その言葉とともに、衝撃から気を取り直したらしいオリバーがゆっくりと立ち上がる。

問題なさそうなことにほっと息を吐くと、ジュリアは迷惑な来襲に眉をひそめた。

もう、こりごりだ。これ以上、変な風に絡んでほしくないし、レオナルドに気苦労をかけて巻き込みたくない。

「オリバー……」

「ジュリは話す必要はありませんよ」

そう強く思い、もっとはっきりと言うべきだと口を開こうとすると、レオナルドに優しく口を手で押さえられた。

「でも、これは私の問題で」

「違いますよ。夫婦である私たちの時間を邪魔してくる相手なのですから、ジュリだけの問題ではない。私に任せて」

「……うん。お願いします」

引かないとばかりに強く見つめられ、ジュリアはそっと頷いた。

正直、力の差を見せつけられたばかりで少し怖かったのもあって、レオナルドの申し出は非常に安堵するものだった。

「ありがとう」

レオナルドは頼もしい言葉とともににっこりと笑うと、すぅっと表情を消してジュリアを左腕で引き寄せ庇うように立った。

右手で乱れた髪をかき上げ、レオナルドは氷のような鋭さでオリバーを見据えた。ゆらゆらと怒りが滲みでている。

「オリバー。もういい加減にしてください。ジュリが困っているのがわからないのですか？」

「俺とジュリアの問題だろう？」

その言葉に、ジュリアは眉根を寄せた。

周囲を巻き込むようなことではもちろんなく、自分の過去のことなのだから自分の問題だとは思っている。

だが、ジュリアの中では勝手に終わらされた問題を、その相手に今更『自分たち』とひとくくりにされて言われるともやもやした。

「いいえ、あなたとは終わっています。先日お会いした時に明言する必要はないかと思いましたが、伝わっていなかったようですのではっきりと言わせていただきます。私とジュリは結婚しておりますので、ジュリが関係するというのならこれはジュリだけの問題ではありませんから」

「け、っこん？」

レオナルドの言葉に、オリバーはぎゅっと眉間にしわを寄せぽかんと口を開けた。

オリバーのこの反応は、ジュリアたちが結婚しているとまでは思っていなかったようだ。思いたくなかったのか。

だけど、ジュリアが結婚していようとしていまいと、オリバーには関係ないことだ。

レオナルドの言う通り、ジュリアの中でははっきり終わったことなのだと自覚した。

「役所にも届けを出していますので正式な夫婦です」

「…………っ、だが、あれからそんなに時間が経ってないのに。やっぱり前から」

無神経なその言葉にジュリアが反応する前に、隣から触れれば火傷《やけど》しそうなほどの殺気が漏れ出てオリバーに向けられた。

感情のコントロールができず魔力が乱れることがあるが、このことでそこまでレオナルドが怒ってくれていることに、ジュリアは胸を突かれた。

「なにを言っているのですか？　浮気してお相手を妊娠させた方が。デリカシーがないというか、最近おかしいですよ」

「…………」

レオナルドの言葉にオリバーは反論しようと口を開けたが、放たれる気配に押されたのか、結局何も言わずに悔しそうに唇を噛み締めた。

その様子を見て、レオナルドは肩を竦める。

「自覚はおありのようですね。ダンも心配していましたけど、しっかりしてください」

レオナルドも知らない仲ではないと、そこで友人として声をかける。

二人の共通の親しい友人であるダンは、子爵家の四男で白騎士に所属できるほどの魔力はないので黒騎士に所属している。

彼を通して二人に面識ができたと聞いているし、オリバーはダンと波長が合い公私共親しい付き合いをしている。

「レオナルドには関係ないだろう」

悔しそうに言い捨てるが、言葉に覇気はない。

「ええ。そちらのことは関係ありませんが、オリバーが先に絡んできたのでしょう？　もう一度言いますが私たちは結婚していますので、これはジュリだけの問題ではありませんから。あなたもお相手がいるのですから、どちらも乱すようなことはすべきではありません。自分の行動を自覚した方がいい。正直、これ以上私たちに関わってほしくはない」

きっぱりと告げるレオナルドに、オリバーは納得いかないと彼を睨みつける。

「なんで、ジュリアなんだ？」

「どういう意味です？」

レオナルドは眉を跳ね上げ、ジュリアには見せない冷たい眼差しでオリバーを見る。

「レオナルドはいろんな女性と遊んでいただろう？」

「遊んでいたという認識はありませんが？　この歳ですのでそれなりにお付き合いはしてきましたが、世間で流れている噂ほどいろんな方となんて無理ですよ」

その言葉に、ジュリアは目を見開く。

こちらを見たレオナルドに、あなたもそう思っていたんですねとばかりに弱々しく微笑まれ、なんとも申し訳ない気持ちになった。

「だが、モテていろんな女性といたことは本当だろう？　だったらどうして」

「それをどうしてここで話す必要が？　まあ、いいです」

そこでレオナルドがジュリアに視線を投じたので、オリバーに聞かれたからというよりは自分に聞かせるためだろうと、ジュリアはゆっくりと頷く。

「家の事情で必要に迫られて女性をエスコートすることもありました。ですが、それらは社交としてですし、そういったことも含め女性と常にいる噂が絶えないのは認識していますが、ほとんどが噂です。今は結婚しているので、誤解を招くような方のエスコートなどはすべてお断りさせていただいてますし、しっかりとその旨は伝えております。そもそも、騎士の仕事がそこまで華やかでもなく時間に厳しいのはオリバーもご存知《ぞんじ》でしょう？」

今だからこそ、常に行動や態度で示してきてくれた彼の言葉は信じられると思った。

レオナルドと過ごすうちに心穏やかになり、甘やかされながら胸に灯る温もりに気づいてはいた。だけど、女性遍歴は気にはなってもいたので、気のせいだと思うようにしていた。

最後の、胸のつっかえが溶けていく。

「……だが、なんでジュリアなんだ？」

オリバーのどうして、なんで攻撃に、レオナルドはそこであからさまに溜め息をつき、ジュリアを愛おしそうに見つめた。

「私はずっとジュリアが好きだった。オリバーの、友人の恋人だとわかったから想いに蓋をして、それが勝手に開かないようにたくさんの重りをのせてきました。それなのに、あなたがひどい形で彼女を裏切り傷つけた」

レオナルドの言葉に、ジュリアは大きく目を見張った。

こちらをじっと見つめる双眸がとても真剣で、ジュリアがゆっくりと瞬きを繰り返すと、耳元で「本当ですから、信じて」とささやいてくる。

それとともに、腰に回っていた手でジュリアの左手を掴み指輪のはまっている薬指を撫で、誓って嘘ではないとその動作でも伝えてくる。

「……っ、だが……」

認めたくないと声を上げ、肩を震わせるオリバーに視線をやると、レオナルドは口調を強めた。

「ずっと忘れられない好きな女性が誰のものでもないのなら、遠慮しませんよ。幸せにしたい、そうしていい権利を自分の手で掴み取ったのです。その気持ちに応えてもらえたからこそ、私たちは結婚している」

「俺だって、いろいろ……」

「オリバー！」

ぐっと悔しそうに手を握るオリバーがまだ何か言ってこようとするのを、レオナルドは鋭い声で制した。

「な、なんだよ」

そこまで大きな声ではないのに、有無を言わせぬ妙に圧がある冷たい声音。

レオナルドの静かな怒りが込められたそれに、オリバーがたじろぐ。

「オリバーの言い分は結構です。ジュリは私が必ず幸せにするので、これ以上、変に絡んでくるのなら法的手段も考えます」

「……っ」

容赦ない一言に、さすがのオリバーも顔を青くさせ反論を抑えた。

それを静かに睥睨《へいげい》し、レオナルドは続ける。

「友人であった、ジュリの幼馴染でもあった相手をそうしたくはありません。あと、ジュリを傷つけたことは腹が立ってますが、そんな愚かなあなたのおかげで友人の彼女だからと諦めようと思っていても忘れられなかったジュリと私は一緒になることができました。そのことだけは感謝してますよ。だけど、ここまでです。己の不始末はご自身で解決し現実を受け止めるべきです。いい加減目を覚まさないと失うものが増えますよ。ジュリ。行きましょうか」

「……え、はい。オリバー、もう私に構わないで。さようなら」

それだけ告げると、ジュリアはオリバーから視線を外した。

オリバーの反応が全く気にならないわけではなかったが、これで永遠の別れとなってもいいと思う気持ちの方が強く、ジュリアの中で今日のこれで確実に線引きがされた。

せっかくレオナルドが引導を渡してくれたのだから、ジュリアは彼との時間を大事にしていきたい。それに尽きた。

それよりも、レオナルドの告白が気になって仕方がなかった。

もしかしてと思ったばかりだったが、レオナルドのそのセリフにジュリアの思考は支配され、気持ちがほわほわと熱くなる。

しばらく無言で歩いていたが誰もいないところでレオナルドは立ち止まると、ゆっくりとした動作でジュリアを捕まえるようにぎゅうっと抱きしめてきた。

「レオ」

「ジュリ……。もう、あいつは心臓に悪い。何度走らされたことか。すみません、もっと早く来れていれば」

「そんなっ。とても格好よかったです。ありがとう」

始まりも、先日も、今日も、ジュリアの気持ちを救い上げるようなタイミングで来てくれた。

間に合わなかったとしても、その気持ちだけでとても満たされる。

オリバーのことよりも、期待に跳ねる鼓動をどうにかしてほしいくらい、気持ちはレオナルドのことに染まっている。

ふわりと心から微笑むジュリアをじっと見つめていたレオナルドは、納得したのか安堵の息とともにジュリアの肩に顔を埋めた。

「……はぁ。本当に間に合って良かった」

「うん。レオはヒーローみたい」

「ジュリだけのですからね。それはわかってくださいね」

「はい」

頷くと、レオナルドは顔を上げてどこか疑わしげにジュリアを見た。

「仕事を抜け出してきたので、ジュリを送り届けたらまた出なければなりませんが、帰ったらわかってますよね？」

「わかってる？」

仕事に戻らなければならないのはわかるが、帰ったらというのがわからなくて首を傾げると、拗《す》ねたようにレオナルドはぐりぐりと額を合わせて押しつけてきた。

「ええ。私のこの気持ちを含め、たとえ過去のことだと思っていたとはいえ、わかってくださっていなかったことです。やっと届いたようですが、誰に遊び人だと思われていたとしても、ジュリにはそう思っていてほしくなかった」

「……すみません」

そこか、とジュリアは眉尻を下げた。

ジュリアの方はすっかり気持ちもすっきりしていたので忘れていたが、レオナルドはそうではなかったのだろう。

「ジュリが手に入らないのならと噂を放置していた私も悪いのですが、少しショックです」

「その、ごめんなさい」

「いえ。許しません。だから、帰ってから私がどれだけあなたのことが好きなのか、身体にも心にもしっかり伝えさせていただきます」

滴るような色気とともにそっとジュリアの左手を持ち上げられた。熱を揺らめかせながら視線はじっとジュリアの瞳を捉え、指輪のはまった薬指にキスを送られる。

ふわりとした柔らかさとその瞳の熱に、こみ上げる喜びや戸惑いといった感情とともに、一気にかぁっと身体が熱くなった。

「お手柔らかに、お願いします」

結婚当初にも告げたことを、ジュリアは再度口にすることになるのだった。

第九章　言葉の意味

調理を終えると、ジュリアは大きく息を吐き出した。

何かに集中していないと高揚する気持ちが落ち着かず、一つひとつ、レオナルドのこれまでの言葉の意味を考えてしまう。

レオナルドは以前、

『こうしましょう。私が好きで好きで傷心のジュリアを口説き落したと。そしたら、私があなたに非常に甘くジュリアが多少ぎこちなくても、周囲も納得してくれますよ。今もそのような状況ですしね？』

と、あくまで提案なのだとばかりの口調で言っていた。

あの時は顔見知りくらいのジュリアを誘うほど、それだけ女性関係が大変なのだと受け止めていたけれど、あれが本音だとしたら？

オリバーに告げた時の彼の口調。こちらに向けて発せられる言葉。ささやかれる吐息。

契約だからというので誤魔化すには、甘いレオナルドの態度に溶かされてしまった自分。

信じたい。もしかしたらと思う気持ちが膨れ上がり、そうであったらいいと思うけれど、やっぱりまだ怖い。だけど、好きだと伝えるという最後の言葉に、すっかり期待してしまっていた。

とっくの昔に忘れた初々しくそわそわする感情とともに、とくん、とくんと心臓の音が、逸《はや》り、高鳴り、落ち着かない。

何より、育ち自覚した気持ちを伝えたいという想いが増していき、たくさん待ってくれていたであろうレオナルドに、自分から好きだと伝えたかった。

じりじりとした気持ちを持て余していると、扉が開きレオナルドが帰宅するとともに長い腕が伸びてきて、ジュリアは抱きしめられた。

「ジュリ、ただいま」

「おかえり」

たったそれだけの言葉を返すのに緊張が混じり、声が上擦る。

なんだか恥ずかしくてレオナルドの広い胸に顔を埋めていると、頭上からささやきが落ちる。

「ジュリ。こっち向いて」

「えっ、んんっ……」

顔が近づいてきたと思えば、唇を奪われていた。

驚いてんんっと胸板を軽く叩くが、解放してもらえずくちゅりと音を立てて一気に舌を入れられる。後頭部に手が回ってきてさらに深く唇を貪られ、あまりの勢いにうまく息ができず苦しげな息が漏れた。

「……ふ、んっ」

それに気づいたレオナルドが、重ねた唇の間にわずかに隙間を作る。ただ、唇は触れ合ったままだ。重なり合ったままなので、そのまま話すレオナルドの吐息が直にかかり、くすぐったい。

「ごめんね。我慢できなかった」

「……んっ」

「ほら、息吸って吐いて。はい、もう一度」

ごめん、と言いながらちっともやめる気配のないレオナルドは、休憩させる気があるのかというほど唇を啄んでは絡めてくる。

「ん、もぅ、……んんんんっ」

「もっとこうしてたい」

口を開ければ、話せる余裕があるならいけるでしょとばかりに、遠慮なく舌が絡んできた。

いつものようで、いつもじゃない。

どこか性急で、そしてこちらを見る眼差し、求められる熱意がいつもより熱く感じる。

わずかな隙も埋めるように口づけられ、レオナルドの望むままに口内を蹂躙《じゅうりん》された。

ひとしきり翻弄されたあと、くたりと力が抜けたジュリアを軽々と抱え上げるとレオナルドがスタスタと歩き出す。

「れ、レオ……」

「もう今すぐにでもジュリを食べ尽くしたい。だけど、その前に私の話を聞いてほしい」

欲に濡れた瞳でジュリアを見下ろしながら、どこまでも丁寧にジュリアを運ぶレオナルドにそっとソファに下ろされる。

「レオ、私も話が、あっ」

伝えたい言葉があると言いたかったのに、また何度も唇を啄ばまれ、「んっ、れおっ」とジュリアが苦しげな吐息とともに名を呼ぶと、ようやくぴたりとキスの嵐がやんだ。

「はぁっ……。少し、クールダウンしたいけど、無理かもしれない」

「なら、紅茶でも？」

好きと伝えたいけれど、レオナルドの想いのような熱を伝えられているキスは嬉しくて拒めない。好きと自覚したらなおさら、じわりじわりと胸が熱くなる。

おざなりではなく、ちゃんと伝えたい。

こつん、と額を合わせながら色っぽい吐息とともにそう言われ、火照った身体をもてあましながら提案すると、レオナルドはゆるりと悩ましげに瞬きをした。

「うーん。そうしようか。ジュリの話も聞きたいし」

だけど、レオナルドは同意しながらも、額を合わせたままなかなか動こうとしない。

しかも、もどかしげに大きな手で身体を撫で回され、熱っぽい吐息を感じながら欲情に濡れた瞳は逸らされないまま。

散々レオナルドによって慣らされた身体は、彼が意図して触れるだけであっという間に熱を持つ。

このまま高揚した思いとともに流されてもと思うけれど、レオナルドの話を聞きたい。彼のことが知りたくて、本当のところを教えてほしかった。

そして、何よりこの溢れる気持ちを彼に知ってほしい。

甘く高鳴る鼓動を意識しながら、ジュリアは口を開いた。

「レオ、……話」

想像以上に自分の声に甘えが混じり恥ずかしいけれど、じっとレオナルドを見つめた。

すると、ぞくぞくするような艶やかな色気とともに、幸せそうにほわっと微笑まれる。

もうその表情を見るだけで、きゅんきゅんと胸が高鳴る。すっかりレオナルドに期待しているし、彼に気持ちを持っていかれている。

惹かれている気持ちを、たくさん言葉と行動で示してくれた彼に今度は自分から伝えたくて仕方がなくなった。

「ジュリ。その顔は可愛すぎ」

「顔？」

「うん。私をちゃんと見てるって顔。ああ、やっと伝わったと、伝えてもいいのだと思うとじっとしていられない」

彼の性急な行為やいまだに冷めない熱した気配は、自分の顔にも影響していたらしい。

やっと、という言葉に、ふわふわとした気持ちがさらに舞い上がり、自分の表情が崩れていくのがわかる。

「ああ、ダメだ。今はジュリから離れられる気がしない」

「じゃあ、私が動きます」

堪《たま》らないとばかりにぎゅうっと抱きしめられて嬉しいけれど話もしたくて、ジュリアはもそっと身体を動かそうとしたが、さらに拘束される。

「それもダメ。やっぱり離れないでこのまま話そう」

とくとくと伝わるレオナルドの鼓動。彼の熱。

それらに包まれると自然と力が抜けていく。ジュリアもこのまま包まれていたくて、抱きしめられたくて、こくりと頷いた。

ちゅっ、とたまらないとばかりに何度か額や頬にキスをし、レオナルドはまっすぐに視線を合わせてくる。澄み渡る夜空を思わせる黒瞳に吸い込まれるように、ジュリアも彼を見つめた。

身体を密着させたまま、互いの吐息を触れ合わせる。

「どっちから話す？」

「私から」

見つめ合い、ジュリアからレオナルドの唇に軽くキスを落とすと、表情を引き締めてジュリアは口を開いた。

「レオ。私はレオが好きです」

「……ほんとに？」

少しは予想していたとは思うが、息を呑み、信じたいけど信じられないとばかりに瞬きを繰り返すレオナルドをジュリアはじっと見つめ、頷いた。

たくさん気持ちを伝えてもらっていた。今まではそれは契約の延長だと思っていたけれど、今はそこに偽りはなかったのだと信じている。

だから、ジュリアもレオナルドが信じてくれるまで言葉を重ねようと思った。

「好き。一緒に過ごしてレオのことが好きになりました」

「本当、なんですね」

「はい」

ジュリアが黒瞳を見つめながらこくこくと頷くと、レオナルドははぁっと息を吐き出したあと、先ほどのジュリアの軽いキスに合わせてちゅっとキスを返してくる。

「私の話というのは、気づいたというかやっと信じてもらえそうなので言いますが、私は結婚を申し込む前からジュリアのことがずっと好きでした」

「はい。……ずっと？」

オリバーの来襲時もそう言っていたが、契約結婚を持ちかけられる前のレオナルドからは、一切そういったものを感じなかったので具体的に想像がつかない。

「ええ。体調が悪い時にジュリに薬を処方してもらってから。覚えてますか？」

「はい。もしかしてあの時から？」

三年くらい前のことだ。思った以上の長い年月にジュリアは目を瞬く。

「ええ。あの日に出会ってからずっと。しばらくして友人となったあいつの恋人だと知り、しかも幼馴染でもあり長い付き合いで結婚も視野に入れていると聞かされ、私の入り込む隙はないと思い諦めなければと自分に言い聞かせていました」

当時のことを思い出すかのように切なげに言われ、ジュリアは頬を赤らめ動揺した。そんなに前から想われていたことに、申し訳なさと同時に純粋な喜びが全身に広がっていく。

「ちょうどいい、というのは？」

ジュリアが契約結婚を前向きに検討しようと思った言葉だ。

あの時、たまたまタイミング的にちょうどいい、国家薬師であるからちょうどいいと、レオナルドは女性関係の煩わしさから逃れたくて、それでいてジュリアがいいという理由も挙げていた。

そこに自分でなければならない理由がなければ引き受けていなかっただろうし、オリバーを忘れたかったことや、必要とされそして何より心を預けなくて済むこともジュリアの心を動かした。だが、こうなってくると意味が違ってくる。

「私のちょうど、とはジュリだけがぴったりくるということです」

「ぴったり」

その言葉に、それからのレオナルドの行動が重なり納得した。

「そうです。それだけジュリが好きでした。誰のものでもないのなら私がジュリとともにいてもいいだろうと強く思った瞬間で、あの時あのタイミングだからこそ大胆になれました」

「確かに、唐突でしたよね」

いつになく強引だったことを思い出し、ジュリアはくすりと笑う。

力強い言葉と眼差しに押されてジュリアは検討すると頷いてしまったが、レオナルドはずっと気持ちを偽ることなく、言葉でも態度でも伝えてくれていた。

改めて振り返ってみると、自分たちの始まり方はおかしくてジュリアがまたくすりと笑うと、深い愛情を瞳に乗せたレオナルドがするりと頬を撫でてくる。

「結婚も近いと言われていたジュリを諦めなければと思いながら諦めきれないままでいたところに、オリバーが浮気をして別れたことを知り、あのタイミングで出会ったのも運命だと思ったんです。あの時、ジュリが契約だと勘違いして警戒が緩んだのもちょうどいいと、勘違いしていたとしても気持ちを伝えていっていずれ本気だとわかってもらえたらそれでいいと。何よりひとりにさせたくなかった」

真摯な表情でじっと見つめられジュリアの心臓はとくとくと高鳴り、重ねられる言葉に胸がきゅんとする。

告げられる言葉を一言たりとも聞き逃したくなくて、ジュリアは目頭が熱くなるのを感じながらレオナルドを見つめた。

「レオとの時間は私を救ってくれました。自分で口にしていて契約結婚というのは抵抗がありましたが、その後過ごした時間は心地よいもので、頷いたことを一度も後悔はしませんでした。ちょうどいい、というわりには随分熱心だなとは思いましたけど」

レオナルドは、これまでの日々を思い出したのか双眸を密かに揺らがせて細めると、きゅっと口を引き結び、真剣味を帯びながらも甘やかな声で続ける。

「熱心になるのは当然です。契約結婚とジュリが口にしたのを聞いてジュリが納得するのならと、あの時はとにかく断られないよう、ひとりにしないよう、他の男に取られないようにとなんとか了承してもらおうと必死でしたから。気持ちを伝えるのは時期尚早と判断し濁しはしましたが、ずっと愛していると伝えたかった」

「そう、ですか……」

切々と語られる言葉は、ジュリアに歓喜をもたらした。

傷ついた心に寄り添うよう、そしてその中でも態度でジュリアだけと教えてくれていたレオナルドの言葉はするりとジュリアの中に入ってきた。

彼が好き、そう思っていいことに、愛してもいいことに心が満たされていく。

「やっと伝えることができた。愛しています。信じてもらえますか？」

「はい。私も、レオが本当に好きです。ずっと一緒にいたいです。これからも、よろしくお願いします」

好きになること、人に気持ちを預けることが怖かったけれど、ずっと寄り添ってくれたレオナルドにはたくさん伝えたかった。

待っていてくれた分、好きを伝えないとと気持ちを伝えるたびに想いが強くなる。

「もちろんです。ようやく気持ちも夫婦になったのですね」

「待っていてくれて、寄り添ってくれたレオがとても大切です。今日も本当に嬉しかった」

「──ああ……、ジュリ」

レオナルドは感極まったように小さく身震いすると、ジュリアの額に、高ぶった感情で濡れた両瞼に、上気した頬にと、軽い口づけを落としていく。

そして、赤みが残る手首に触れると、痛ましそうに眉根を寄せた。

「痛くありませんか？」

「大丈夫です。ひどくならないよう処方しましたので」

「それでも、痛かったですよね。すみません」

レオナルドが苦しそうに顔をしかめ、親指で早く治るようにとばかりにするすると撫でる。

「レオが謝ることではありません。あれだけで済んだし、オリバーもさすがに自分の行動がまずいことはわかったのではないかと思います」

「だといいのですが。さて、ジュリ。痛くないのでしたらわかってますよね？」

部屋の明かりの加減か、その瞳は言葉以上に雄弁に語りかけてくるようで、なぜか目元が熱くなった。

ジュリアの眦を指の背で触れ軽くキスをしてから、レオナルドはジュリアの小さな口を舌で柔らかな輪郭を確認するようになぞる。

「レ、オ……」

くすぐったくて、こみ上げてくるものが愛おしすぎて名前を呼ぶと、なぞっていた舌が同じように戻り唇を優しく塞がれた。

片手でジュリアの頭部を撫でながら、慣れた手つきで器用にボタンを外していく。

「ジュリのすべては私のものです。もう二度と、ジュリは誰にも傷つけさせません」

誘うような言葉とともに、ふるりと現れた白い胸の谷間にレオナルドは顔を寄せ小さく鼻を鳴らした。そのままじゅっと吸い付かれ、つきっと走った痛みにジュリアは眉を寄せる。

「痕をつけていいのも私だけ。これは私のだ」

ぐりぐりと顔を左右に振り、やっていることはエッチなのになんだかその可愛らしい行動に頭を撫でたくなっていると、つつつっと舌で先端に向けてなぞられ身体が跳ねる。

やっぱりエッチだ。脱がして痕をつけて誘いながらも、ちらちらとこちらを見る眼差しはジュリアの了承を待っている。

煽られすぎた身体の芯は疼いているし、何より心からレオナルドが欲しいと思った。欲しがられて、欲しがってこの幸福を分かち合いたい。

「……レオ、ベッドに」

それだけを告げるので精一杯だった。

だけど、その言葉を待っていたレオナルドは満足そうに微笑み、狙いを定めた肉食動物のように瞳はぎらぎらとジュリアを見据えながら、甘く熱っぽくささやく。

「そうでした。ベッドでたっぷり愛を伝えなくてはいけませんね」


とすっ、とベッドに押し倒され、ジュリアはレオナルドを見つめた。

先ほどのセリフにどきっとしたが、いつものように抱きしめキスを繰り返すレオナルドに妙に意識しすぎていたとほっとした時だった。

「ジュリ、安心するのは早いよ」

意地悪めいた口調で、彼はジュリアにのしかかりながら上の服を脱ぎ捨てた。

綺麗に割れた腹が一瞬目に入ったがそのまま身体を倒したレオナルドに、顔を近づけられ口づけられる。

ちゅっと優しいリップ音のあと、下唇をやわやわと食《は》まれそのまま舌を差し込まれ、すぐに深まる口づけの合間に小さな吐息が零れ落ちた。

「んっ……」

「ジュリ、ずっと好きでした。知れば知るほど、一緒にいればいるほど、好きが止まらない……」

少し低めのトーンの告白に、胸がきゅんと引きしぼられる。

止まらない、との言葉とともに、愛おしいとばかりに顔中に唇が落とされ、また唇を奪われる。

「……、んんっ、レオ」

「ジュリ、好きです。愛してます」

ストレートな言葉にこの上ない幸福感に満たされた。

たくさんの愛情を行動で、視線で、態度で、そして契約という形ででも、どれも真摯に示してくれた彼だからこそ、臆病になっていたジュリアの心は溶かされた。

言葉が、胸に響く。

「私も、愛してます」

たくさんの想いを込めてレオナルドを見つめると、ゆるっと本当に嬉しそうに表情が崩れていく。

ゆっくりと引かれていく口元の色っぽいほくろとともに、爽やかなのにどこか艶っぽい気配のまま笑うレオナルドがとても愛おしい。

「ジュリ、明日の出勤は遅めでしたよね？」

「そう、だけど……」

にこにことこと笑みを浮かべながら目を細めるレオナルドに、ものすごく嫌な予感がした。

目の前では惜しげもなく鍛えられた半身が晒され、左手で頬を撫でながらするりとショーツ以外の服をすべて脱がされる。

しげしげと全身を眺めたあと、焼けることのないまろみを帯びた白い肌の上に顔を寄せ、レオナルドはしばらくジュリアの心音を聞くように目を伏せる。

彼の艶やかな黒髪が触れ、熱い吐息がかかるだけで、とくとくとくと鼓動が早まった。

「レオ」

「ジュリの心音が早い。期待しているみたいだね」

それに気づいたレオナルドがにっと笑みを深めると、ぐいっとジュリアの胸を淫らに形を変えながら揉み込み、ちゅぅっときつく吸って先ほどとは違う場所に痕をつける。

「あっ」

ちくっとした感触に声を上げると、そっと優しく指の腹で撫でられる。

「どこもかしこも美味しそうだ」

すでにいくつもついた昨夜の戯れの印をさらに吸われ、鮮やかに痕を残していく。

散っていくそれを愛おしそうに眺め、一つひとつ丁寧に舐めてはまた思い出したように、柔らかな感触を楽しむように揉み込み、寄せて上げてきゅっと先端を引っ張った。

「レオっ」

「ごめん。ジュリのすべてが可愛くて。本当なら、今日はあんなことがあったばかりだし控えるべきなのだろうけど、やっと伝わってしかも両思いとわかったので我慢なんて無理です。今日はもう疑う余地を残さないほど埋め尽くしたい気分です」

色気たっぷりに微笑みながらも、彼の大きな手は淫らに動き、期待するように色づきぷくりと膨れた先端を悪戯するようにそっと掠《かす》めていく。

「やっ……」

「ジュリ。私の可愛いジュリ。どうかこのまま触れる許可を」

「…………えっと」

改めて許可を申し立てられると、どうしていいのかわからない。

夫婦だし、今更だしとか思いながらも、胸を下から手のひらで押し上げるように触れ、ぺろりと先端を舐めると、レオナルドは期待するような熱い視線でジュリアを見つめた。

「ね、ジュリ」

「ああっ。ひゃ、……んんっ」

催促するように、唾液で濡れた先端を人差し指で優しくこねくり回してくる。

じれったい愛撫に身体をくねらすと、主張しているそこをきゅっと摘み上げられた。

「ああん。……もう……」

やめてなのか、焦らさないでなのか自分でもわからない。

ただ、どうにかしてほしくてレオナルドを見つめると、凄絶な色気を放ちながらにっこりと微笑まれ、快感で滲んだジュリアの目元に、なだめるようにちゅっと可愛らしい音を立てながらキスを落とされる。

「大丈夫。仕事に行ける程度には加減するから、私の気持ちをしっかり受け止めて。二度とジュリが私のことを疑わないくらいに」

「疑ってたわけでは」

「でも、たくさんアプローチもして結婚してからも、私が遊んでいたと思っていたのでしょう？」

「……すみません」

「だから、罰としてこれからずっと私の気持ちとともに受け続けてもらわないと。こう見えて、やっと気持ちとともに愛を伝えられるということが嬉しすぎて浮かれてるんです。今日も肝を冷やしましたし、少しくらい許してください」

それを言われると、ジュリアは反論できなかった。

言葉も優しくて、すべてにおいて好きだと言われているようで、そう告げられて好きな人に求められていやとは言えない。

下腹にぐいっと押し当てられる彼の熱とともに、自分のこみ上げる気持ちも止まらず、愛しさが募っていく。

ジュリアは自らレオナルドの唇へと己の唇を重ねた。長めに口づけたあと、彼の背に腕を回す。

レオナルドが身体を寄せてくれたので、互いのとくとくとくと響く心音が心地よい。

「これだけ気持ちが高ぶるのも、好きだなって大事にしたいなって、一緒にいられて幸せだと思うのはレオだけです。だから……」

「ジュリ」

最後まで言わせてもらえなかった。自分でもどう言いたいのかわからなかった。お手柔らかにか、好きにしてと言いたかったのか。

レオナルドが好きと自覚してから、ぽうっと熱に浮かされたようにふわふわする思考。はっきりと告げる前に、彼がさらに勢いを持って熱をぶつけて流されてしまう。

委ねたいと思っていることは伝わっているのなら良いかと、ジュリアは瞼を閉じた。

彼の想いをぶつけるかのような激しいキス。舌を絡め合い、もどかしげに、だけど確実に動く手によって煽られていく。

期待で濡れたジュリアのショーツを剥ぎ取りながら、レオナルドは手際よくベルトを外し、前をくつろげ全裸になった。

その際に逞《たくま》しい腹につくほど勢いよく飛び出たそり立った先端に透明な液体がにじみ出ているのを目にして、ジュリアの下腹部はさらに熱くなる。

視線で、言葉で、男の部分で、全身で、ジュリアが欲しいと訴えられて、体温が上がった。

「いつも以上に濡れてる」

「だって」

「嬉しい。私を欲しいと思ってくれて」

「もうっ」

しとどになった割れ目をなぞりながら足を持ち上げられ、内股を吸われる。恥ずかしい体勢に抵抗しようにも、しっかりと曝《さら》け出すようにぐいっとさらに持ち上げられた。

しばらくひだを撫でられていたが、くちゅりという音とともに長い指を食い込ませ、さするように揉まれ、時おりはぁっと色っぽい息を吐かれ、ジュリアはレオナルドのすることすべてに反応した。

「美味しそう」

「あっ、あ……ッ、んぁ」

濡れた花びらの間を舌で舐められ、愛液を啜《すす》られながらさらに指を突き入れられる。

指の動きに喘《あえ》ぎ与えられる快感に悶《もだ》えていると、唇に敏感な尖りを咥《くわ》えられ、ねっとりと舐め転がされた。

「んんぁっ。そこ、……やぁっ……」

「気持ちいいね。たくさん蜜が出てここは私を離さないよ」

「あっ、待って」

「待たない。ジュリ、私が欲しい？　欲しいと言って」

感じて尖った敏感な場所を唇ですっぽり含められ、中は淫らな舌と指がジュリアの感じるところを的確になぶっていく。

「あっ、あっ……、レオ、……も、ほしい」

「とろけて欲しがるジュリはとても可愛い。これはあなたのものですから、たくさん味わって気持ち良くなってくださいね」

くちゅりと音を立て、手前でこするように熱いものを突きつけ馴染ませるように動いたあと、レオナルドは一気に最奥まで突き入れてきた。

「あぁぁっ」

「はぁ……。良さそうですね。私もとても気持ちがいい」

快楽の余韻と、羞恥と、愛おしさと。

強く求められることの喜びが、愛情をストレートに受けることのできる今が、ひときわ強く穿《うが》たれるたびに温かい気持ちで満たされる。

「んんんっ……、れお……」

「……はっ、……っ、ジュリ、愛してます」

長い時間丁寧に確実に誘《いざな》われ、快楽の波に押されレオナルドが欲情の証を放つと、すっかり身体の力が入らなくなりとろけたジュリアの上に、押しつぶさないよう覆いかぶさってきた。

はぁっ、はぁっと整わない息とともに、それでも労わることをやめないレオナルドは、ジュリアの金の髪を愛おしげに梳きながらささやく。

「ジュリ、契約結婚から始まりましたが、あなたを心から愛しています。ずっと」

「はい。ずっと、よろしくお願いします」

「はあ、嬉しいです。もっとジュリを味わいたい。いい？」

そう告げながら、入り込んだままのそれを上下に揺らされ喘がされる。

答えを聞く気がないじゃないかと、すぎる快感に滲む涙の幕を張りながらジュリアは咎めるように睨んだ。

「あっ、……んっ、れおっ」

「ジュリのその声も好き。睨んでも可愛いだけだから」

「……やっ、ぁっ」

レオナルドの動きは好きの言葉の代わりとばかりに口づけを繰り返しながら、さらに激しくなる。言葉にしたことで浮かれているらしいレオナルドは、息遣いからすべてがジュリアを欲しい、好きだと告げていた。

ちょうどいい、から始まった契約結婚は気づけば溺愛結婚へと変わり、これ以上ないと思うほど愛されながら、ジュリアは心身ともに溶かされ満たされた。

エピローグ　溺愛結婚

薬草に関する調書を読んでいたジュリアは、ぎぃっとドアが開く物音に顔を上げた。

「ジュリ。ただいま」

「おかえり。早かったですね」

今夜は勤務後に久しぶりにダンと飲みに行くと聞いていた。

思ったよりも早い帰宅に頬にキスを受けながら問いかけると、レオナルドはするりと親指でジュリアの唇を撫でていたが、今度は唇を重ねてきた。

「……んっ、ふはっ」

長いキスにとんと胸板を押すと、レオナルドは濡れた唇をゆっくりと引き上げて笑う。撫でるのが楽しくて仕方がないとばかりに、やわやわと頬を撫でられた。

「ジュリに無性に会いたくなって」

「一緒に過ごしてるのに」

「まだ新婚なんでということにしてください。愛してやまない妻と少しでも一緒にいたいんです。ダンとは今度は一緒に会いましょう。知らない仲ではないですから」

オリバーのことも含め、ダンにはいろいろ気遣ってもらった。レオナルドとの結婚も祝福してもらったので、ジュリアも改めて礼を告げる機会があるのはいいのだが、さらりと言ってのける言葉に顔を赤らめた。

「それはいいですけど。もしかして、そう言って帰ってきたとかではないですよね？」

「もちろんそう言いましたが」

冗談交じりだったのだが、至極当然のように頷かれ、ジュリアは少し目を見開く。

「えっ、本当に？」

「はい。ダンは本音で話せる人なので」

「だとしても、それって……」

惚気《のろけ》になるのではないだろうか。

そう思うととても恥ずかしくなって、ジュリアは思わず疎ましい目でレオナルドを見上げた。

「なんですか？」

「あんまり惚気になるようなことは」

「人は選んでますよ」

選んでるんだ……。それもどうかと思うが、仲が良いからできる、むしろ一定の距離感を出すレオナルドにそうさせるダンがすごいと思うことにする。

「レオはもうちょっと甘さを控えてもいいと思います」

でないと、溺愛にずっと頬が緩んでしまって、ジュリアまで醸し出す空気が甘すぎると言われているので困ってしまう。

「ジュリにだけですから。こんな風にさせるジュリに責任は取ってもらわないと」

「責任？」

嫌な予感にジュリアが顎を引くと、レオナルドはなぜか後ろに下がり両手を広げた。

「ええ。この腕はジュリアを抱きしめていないと落ち着かなくなってしまったので。寂しいと感じる私を癒やしてくれないことには眠れません」

「……」

「ね、ジュリ」

熱く誘うような眼差しと低く響く甘い美声に、ジュリアは誘われるようにレオナルドの腕の中へと飛び込んだ。

しっかり抱き込まれるとほぉっと息が漏れ、ここが自分の場所だと安心した。ジュリアもこの腕以外はいらない、ずっと抱きしめていてほしいと思う。

とくん、とくん、と互いの鼓動が交わり、熱が混ざり合い、伝わる温もりを感じるだけで幸せな気持ちになった。

耳元をくすぐる吐息さえも愛おしく、ジュリアは自らも離すまいときゅっと力を入れてレオナルドを見上げた。

「ジュリ。愛してます」

「私も愛しています」

艶やかな黒髪がさらりとかかり、熱っぽい瞳がジュリアを愛おしげに見つめる。

腰を曲げて屈み込んで降りてくるレオナルドの顔をぎりぎりまで見つめ、ジュリアはそっと目を閉じた。

番 外 編

愛しのジュリア

Itoshino Julia

たまには男同士の付き合いも大事だと、ダンに引っ張られて飲み屋に来ていた。

「レオナルド、最近調子がいいらしいな」

「調子？　ああ、ヤン副隊長がなにか言っていましたか？」

ダンの二番目の兄は白騎士所属で、レオナルドの先輩、しかも一番隊の副隊長だ。先日もその話をされたばかりだった。

白騎士は貴族が多いのでどうしても出自がものをいうなか、子爵家でありながら副隊長まで上り詰めた実力派である。

ダンのすごいところは、そんな身近に比べられるような相手がいるのに腐らずここまで頑張っているところだ。

まっすぐに兄を褒め、魔力があまりないとわかってもくさることなく黒騎士として剣技を極めようと努力している。

そんな弟が可愛いのだろう。ヤン副隊長もよく気にかけているようだし、いい家族だと思う。

「そうそう。兄貴が怖いくらいだと言ってたけど。新婚効果ってすげぇなって」

「心が満たされると、十分に力が発揮できるタイプなんでしょうね」

「何を他人事《ひとごと》みたいに。今までも精度はすごかったけど、命中率と威力がやばいって言ってた」

「まあ、自分でもそう思います」

ジュリアと過ごし、そして両思いとなってから一層、調子がいいのはレオナルドも自覚していた。

魔法を使う時など感覚が研ぎ澄まされているし、疲れも溜まりにくくなった。

「そうなんだ。ああ～、レオナルド見てると結婚っていいなぁって思うわ。たまに愛妻弁当も持参してるって？　本当、羨ましい」

「ええ。ジュリと一緒にいられることは私にとって奇跡のようですから。手放しませんよ」

「いちいち宣言しなくても。案外、まだ余裕ない？」

ダンにそう指摘されて、レオナルドは自覚した。オリバーのこともあって、警戒する癖がついているのかもしれない。

ふぅっと息を吐き出し、認める。

「そうですね……。諦めなければいけないとずっと抑えていた想いですから。通じ合っても余裕なんて持てそうにありません」

「へぇー。よくわからないけど、それだけ本気の相手と一緒にいられるって奇跡なんだな」

奇跡。いまだに、夢ではないかと思うこともあるからまさしくそうだ。ただ、自分で掴みとった奇跡なので、絶対手放さない。

「よくわかってるじゃないですか。だから、今日もある程度したら帰りますよ」

「わかってるって。クールなレオ様がこんなに愛妻家になるとはわからないもんだな。レオナルドの本気勝ちって感じで、今はジュリアもレオナルドのことが好きって伝わってくるから、なんかいい夫婦だなって思う」

「ありがとうございます」

ストレートに褒められて、レオナルドはふわりと微笑んだ。

実直な性格のダンだからこそ、嬉しい言葉だった。

「うわぁー。俺にまで色気出すのやめて」

「出してませんが？」

「じゃあ、自覚なしか」

「…………」

ジュリアが関わると、いつもと違うと自覚はしているのでレオナルドは無言で返した。

「まあさ、二人からしたらジュリアって女神だな」

「どういうことです？」

意味がわからず聞き返すと、ぽりぽりっと頬をかいてダンが言いにくそうに続けた。

「聞きたくないだろうけど、オリバーはジュリアと別れてから低迷してるし、子供もさ、生まれてから認知するか決めるって言ってるし、結婚するかもそれからだってさ。まあ、いろいろ事情はあるんだろうけどさ、なんだかなって男の俺からしても思うわ」

「ふーん」

「興味ない？」

軽く相槌を打つと、うかがうように顔を覗かれる。

レオナルドの愛妻の元彼の話だし遠慮もあるのだろうが、もともとは友人でもあったので、ダンも複雑なのだろう。

「そうですね。正直、生まれてくる子供のためにそれなりの親としてのけじめはつけるべきだとは思いますが、こっちとしてはジュリに関わらなければ好きにしてという感じです」

「まあ、そうだよな」

苦虫を噛み潰したように相槌を打つダンに、レオナルドは言葉を重ねる。

「はい。どういう選択をするのも二人の責任ですからね。他人を巻き込まず、やはり罪のない子供にいい環境であるように、としか」

「だよな。部外者がとやかく言うようなことではないしな」

「そうですね」

当事者にしかわからないこともあるだろうし、先に周囲を切り捨てるようなことをしたのは本人たちなので、当事者同士で解決してほしい。

できることなら、自分たちの視界の外で、と思うばかりだ。

「で、続きだけど、レオナルドはジュリアを得てから好調も好調、絶好調。今までも悪くなかったけど、さらによくなって何より本人が本当に幸せそうっていうのがな。ああ、ジュリアが好きだったからかっていろいろ納得するっていうか。やっぱり付き合う相手で変わるもんだなってしみじみ思った。だから、愛の力で、女神をレオナルドは勝ち取ったんだなって」

「よく、そんなにくさいセリフが言えますね」

「ああー、言わないでくれる？　話している途中で俺もそう思った。ま、幸せのあり方は人それぞれだからな。俺も幸せ探そ～」

そう言って、ぐびぐびっとグラスを空にするダン。

レオナルドは己のグラスに注がれた酒を眺めながら、すぅっと目を細めた。

女神。

おそらく、オリバーはジュリアを裏切り手放したことで女神に見放されたのだ。

推測だが、ジュリアの作る食事には魔力が込められている。

薬師という仕事柄、普段から生物に魔力を練り込むのが得意なジュリアは、無意識に食事を作る際に流し込んでいるのだろう。

そして、それは気持ちが乗れば乗るほど効果を発揮する。

つまり、両思いになってからレオナルドがさらに調子がいいのも、心が満たされていることもあるだろうが、自分のことを思ってジュリアが作ってくれている食事に関係しているのではとレオナルドは思っていた。あと、相性がとてもいいのだろう。

まさに、レオナルドにとっては女神だ。

オリバーの不調も多少はそれも関係しているかもしれないが、今更、ジュリアの価値に気づいたところで遅い。

魔力の件も、レオナルドにとってはただのおまけ。

ありがたいけれど、ジュリアの愛情があるがゆえなのでそっちの方が嬉しいし、ジュリアとともに過ごせるということだけで、満たされて自然と気持ちが温かくなる。

彼女のことを考えるだけで、もう会いたくなった。

「ダン。今日はもう帰りますね」

「はやっ。まあ、仕方がないか。彼女によろしく～」

「はい。ダンもほどほどに」

そう告げて、レオナルドは足早に愛しのジュリアが待つ家へと向かった。

オリバーの結末

〔紙書籍限定書き下ろし
ショートストーリー〕

Oliver no
ketsumatsu

荒くれ者の討伐を終え、それに合同で当たっていた白騎士と黒騎士たちは、昼時から二時間ほど遅れて食堂にいた。

一通り食べ終えた騎士たちは、ようやく人心地が着いたとしゃべり出す。

「そういえば、南部の国境警備を強化する話が出てたよな。黒騎士から数名そっちに異動辞令が出たと聞いているけど、その辺は実際どうなんだ？」

レオナルドの前の席にいた上司である白騎士第二隊隊長が、顎をさすりながら横にいる黒騎士に視線をやる。

話題を振られた男はかぶりついていた肉を喉の奥に押し込め、ふっと視線を落とすと口を開いた。

「俺の友人でひとり異動になったやつがいます」

「そうか。それは残念だったな」

「どうなんでしょうね。実力はあったけど燻《くすぶ》っていたし、そいつには良かったんじゃないかと俺は思ってるんですけど」

「オリバーなんかもそうだろ？」

他の黒騎士が何気なく出した名前にフォークを持つ手が止まりかけたが、横に座るダンの視線を感じたので、レオナルドは取り繕うように笑みを浮かべ食べ進めた。

「オリバーの方は所属替えで、南部の赤騎士となることに決まったよな。あと、彼女とこれを機に結婚しようと腹をくくったところで振られたらしいし大変みたいだ」

「はぁ？　お腹《なか》に子供がいるって話じゃなかったっけ？　どっちかというと、以前飲み屋で働いていた、ええっと、サラだっけか？　サラの方がオリバーとの結婚を急《せ》かしてたって聞いてたけど？」

呆《あき》れたとばかりに声を上げ、少し離れた席の者たちも話題に参戦してきた。

「それな。南部の田舎《いなか》に行くのは嫌だとサラが拒否したとかで、結局結婚することもなく別れたらしい。サラは子供がいてもいいという金持ちの相手を見つけたとか」

あれからオリバーとは顔を合わすことはあっても、特に話すことはなかった。

それでも、サラは騎士たちが利用する飲み屋に勤めていたので顔見知りの者も多く、何かと話題に出てくる。

「まじ？　煮え切らないオリバーもオリバーだったけど、サラも結局王都にいる騎士だから言い寄ったってことか？　まあ、男側でも勝手なやつもいるから彼女ばかり責められないけど、ならなんで子供作ったんだって話だよな」

「そうそう。二人の問題ではあるが子供がなぁ。それも以前の男が出てきてどっちの子かと揉《も》めてるところを見たっていう話もあるし。なんかすっきりしないんだよな」

「はぁ？　前の男？　めちゃくちゃだな。それよりも、なんでそんなに詳しいんだよ？」

聞かれた黒騎士は、ひょいっと肩を竦《すく》めて眉間にしわを寄せた。

「サラの同僚の女の子に教えてもらった。女って怖いぞ。サラは仲間内で嫌われていたみたいで、聞いてもいないのにあれこれ聞かされて、恨みを買うようなことはやめとこうって思ったわ」

「うわっ。サラも田舎の質素な生活は嫌だと、次の金持ち見つけてさっさと捨てて鞍替《くらが》えするしな」

レオナルドはその言葉に、ふっと胸の奥の何かがつかれたような気分になり目を細めた。

「ある意味、女の方がそういうのシビアだよな。俺も彼女に捨てられないように気をつけないと」

続く言葉に、誰もが思うところがあるのか微妙に顔を引きつらせ、その後は自然と違う話になった。


一日の仕事を終え、レオナルドはジュリアが待つ自宅へと帰宅した。扉を開けると、ジュリアがぱたぱたと自分のもとまでやってくる。

「レオ、お帰りなさい。怪我《けが》とかないですか？」

帰りを待ち心配を口にする妻が愛《いと》おしくて仕方がなく、レオナルドは眦《まなじり》を下げて微笑を浮かべると両手を広げた。

ぱちぱちと瞬《まばた》きし照れたように微笑《ほほえ》むジュリアが、胸に飛び込んでくる。自分よりも華奢《きゃしゃ》で柔らかな彼女をすっぽりと包み込み、レオナルドは力強く抱きしめた。

照れ屋で少し甘え下手なジュリアが、自分の腕に躊躇《ためら》いもなく飛び込んでくる姿が可愛《かわい》すぎる。込み上げる気持ちのままジュリアの頭上に口づけを落とし、抱き締める腕の力も自然とこもった。

「ええ。大丈夫。帰ってすぐジュリの顔が見られるだけで疲れも飛びます。私のジュリ。もっと顔を見せて」

顔を見合わせると、優しい色合いの緑の瞳が思慮深く自分を見つめている。その双眸《そうぼう》に自分へと向けられる温かさに目を細めると、ジュリアもぎゅっと背に腕を回してきた。

互いの体温と鼓動、何より自分を気遣う眼差《まなざ》しが愛おしくて、レオナルドはこちらに突き出されている可愛らしい顎に唇を押し当て、そのまま上へと顔をずらすと唇を奪った。

「んっ」

「ジュリ」

ちろちろと舌で唇の形をなぞるように舐《な》めると、ジュリアの唇が自然と開く。

信頼の表れでもあり、それを築き上げてきた、許してもらえていることが伝わってくる行動に、レオナルドは口の端を上げた。

そのまま舌を入れあやすように優しく口内を撫《な》で回《まわ》すと、ジュリアも舌を絡めてくる。それにますます笑みを深めると、自分よりも小さな舌を引っ張り奥を吸った。

「ふっ……んんっ……」

ジュリアのなまめかしい声が漏れる。

「もっと、口開けて」

「んっ……ぅ、んぅ——……っ！」

目を開けると、切なげに眉を寄せながらも必死で応えようとするジュリアがいて、レオナルドはさらに口内を貪るように舌を動かした。

何もかも愛おしい。

どちらともなく溢《あふ》れる唾液をジュリアが飲み込むのを確認し、レオナルドは美しい金の髪を梳《す》き優しく背中を撫でた。

触れ合うことで、体温も吐息さえも混ざり合う。

自分の独りよがりではなく、応えよう、伝えようとしてくれるジュリアとのスキンシップは、一日の疲れを心身ともに癒やしてくれる。

幸せだと、大事にしたいと思うことは毎日で、これ以上ないと思うほどレオナルドの中はジュリアのことで埋まっていった。

満たされていると思うのに、まだまだ足りない。キリがないなと、レオナルドは思うままジュリアの唇を貪った。

互いに求めるまま舌を絡め合い、吐息まで奪うように夢中になって、「んんっ……」と苦しがるジュリアの声にようやく唇を離す。

とろんとしたジュリアの表情に、ふっ、と笑みをこぼしたレオナルドは、額をくっつけじっと自分のせいでとろけたジュリアを見つめた。

こんなにも愛おしくて、愛情も申し分ないほど返ってきているると実感しているのに、それに幸せを覚えているのに、どうして満足できないのか。

信頼しているのに、確かだと感じているのに、もっともっとジュリアが自分しか目に入らなくなればいいと思う。

特に今日みたいな日は――。

葛藤する気持ちを抑えるようにじっとジュリアを見つめていると、ジュリアは自分の背中に回していた手をレオナルドの両頬に添えた。

「レオ？　やっぱりどこか怪我をしたんですか？　それとも何かつらいことでも？」

自分のなかの揺らぎは些細《ささい》なことだ。

本気でどうこうなると思っているわけではないし、愛したジュリアは素敵な人だ。信頼している。

どんと構えているべきなのに、奥に秘めているべきことなのに、その揺らぎをジュリアが気づいてくれて嬉《うれ》しいと思ってしまう自分がいる。

それだけジュリアが自分を気にかけて見てくれている証拠で、レオナルドは困ったように笑みを浮かべると、もっと密着したくて抱え直すようにジュリアを抱きしめた。

愛おしすぎて、どうにかなってしまいそうだ。

ずっと好きで、相手がいるからと諦めていたジュリアと結婚することができ、想《おも》いを向けてもらえるだけでも嬉しい。

なのに、これ以上ないと思うほど熱くなる気持ちは、いつも簡単なことでそれを超えていく。

「……参りました。ジュリはすごいですね。知ってますか？　私はあなたがいてどれだけ幸せか。どこまでも、いつまでも一緒にいたいと切に願っていることを。離れることなんて少しも考えたくありません」

「私も同じ気持ちです。今も幸せだと感じていたばかりで、どうして離れることなんて想像するんですか？」

当然のように否定され、レオナルドは口元を綻ばせた。

ジュリアなら、自分たちならと思っていても、相手がいる以上そこに絶対はない。一度波立った不安は小さなものでも、レオナルドの胸の奥にそわそわと存在し主張する。

わかっていても、言葉が欲しい。――手放したくない。

レオナルドは迷った末、口調を改めて訊《たず》ねた。

「……もしですが、何かあって僻地《へきち》に飛ばされても一緒にいてくれますか？」

「ずっと一緒にいることを誓ったんです。遠くで心配してやきもきするなんてごめんですから。もしそのようなことがあったとして、置いていかれるのは絶対に嫌です。連れて行ってくださいね」

悩むまでもないと答えてくれるジュリアに、レオナルドは表情を和らげ、むしろくしゃりと崩れるのがわかったが笑わずにはいられなかった。

愛おしすぎて、もし、ジュリアを失ってしまったらと考えるだけで怖い。

幸せにする、そう誓っているけれど、ジュリアがそばにいてくれてこそなのだ。

職業柄、怪我をすることもあるし、何が起こるかわからない。今日の話は、それを改めて考えさせられたことだった。

話題に出たのが、オリバーだったというのも考えさせられるものが多くあり、レオナルドの心を揺さぶった。

「言い切ってくれるんですね。私はジュリと出会えて本当に良かった」

「何を当たり前のことを。レオが私を愛してくれているように、私も愛していることをもっと知るべきです」

変わらぬ愛情を浮かべた眼差しで、ジュリアがレオナルドの頬を優しく撫でる。

それだけで、あっという間に幸福感に包まれた。不安だとかよりも、ジュリアを愛《め》でたくて仕方がなくなる。

「どうやって？」

レオナルドはその手を取り、繊細な作業をするジュリアの細い指をぱくりと口に含んだ。

「それは……、えっと、日々の態度で」

ぱちりと驚き目を見開いたが、ジュリアは咥《くわ》えられた指を引こうとしない。

それに気を良くしたレオナルドは、くちゅりと音を立てて指を吸った。

「日々の態度、ですか。ふふっ。嬉しいです。先ほどは少し気持ちが揺らいでましたが、ジュリの気持ちを疑ってはいません。ですが、もっと愛情を注いでもらえるなら注いでもらいたい」

可愛く優しいジュリア。

毎日愛おしさを募らせてくれる人と出会えて、過ごせて、愛してもらえる幸せに笑みを浮かべると、ジュリアは呆れたように息をつき、ふわりと笑みを浮かべた。

「これでいいですか？」

ちゅっ、とリップ音を立てて口づけられ、自分からしておいて顔を赤らめるジュリアにレオナルドは満面の笑みを浮かべる。

「ふふっ。ジュリは最高です。こんなにも私を満たしてくれるのはジュリだけです」

もらったものは返さないとと今度はレオナルドから唇を奪い、先ほどよりも丁寧に激しく舌を吸い口内を蹂躙《じゅうりん》する。

たっぷりの愛情とともに攻め立てると、ジュリアはくたりと力を抜いてもたれかかってくる。レオナルドは嬉々《きき》として、そのままジュリアをベッドまで運んだ。

「今すぐ、ジュリの愛がもっと知りたい。愛して愛させて」

ジュリアのすべてが愛おしい。

白い肌に暗闇のなか道を示してくれる輝く星のような明るい金の髪、美しいエメラルドの大きめの目を縁取る長い睫毛《まつげ》、そして、キスを繰り返したことでいつも以上にふっくらとした柔らかそうな唇。

その唇を指で、舌でなぞってゆっくり味わい、もっととろとろにさせたい。

手に余る大きな胸をこれでもかというほど揉み込んで手に馴染《なじ》ませ、細い腰を掴《つか》んで引き寄せ、その白くなめらかな足を己の腰に絡ませたくて仕方がない。

その華奢な腕ですがりついてほしい。すべてを自分の色に染めてしまいたい。

自分のすることで感じるジュリアを、この目に焼き付けひとつも見逃したくない。その声も、自分のものだ。

何より、愛したい。

レオナルドは激するほど募る思いを秘め、ジュリアに覆《おお》いかぶさり、改めて唇を塞いだ。

密会

〔紙書籍限定書き下ろし
ショートストーリー〕

Mikkai

「……愛してます」

「そこまで言うのであれば」

「本当ですか？　よろしくお願いします」

レオナルドの声とともに女性の声が室内から聞こえ、ジュリアはまさに扉を開こうとしていた手を引き、忍び足でそろりと離れた。

薬品の在庫確認をしに来たのだが、慌てるものではないし改めて来ればいいだろうと、そのまま来た道を引き返す。

たまたま聞こえた会話だけで判断すべきではないとわかっているし、レオナルドが浮気なんてと思う気持ちの方が強い。

ただ、確かに自分以外の女性に愛していると告げているし、相手も了承している。

これはどういうことなのだろうかと、ジュリアは表面上は取り繕ってはいるが内心で混乱しながらその日の仕事を終えた。

それから家に帰ってそれとなくレオナルドの様子をうかがっていたが、特にいつもと違うと思うようなことはなかった。

信じる気持ちの方が強いけれど、だったらあれはどういうことなのだろうかと気にならないわけがない。

レオナルドと結婚して、甘えること、そして不安に思うことを正直に伝えることの大切さを教えてもらった。

何より、信じたいし、どこか疑ったままレオナルドと過ごすのは嫌だったので、思い切ってジュリアは今日の出来事について訊《たず》ねた。

「今日、レオが女性に愛の告白をしているのを聞いたのですが、あれはどういうことでしょうか？」

「……はっ？　私がジュリ以外に？　あり得ません」

「だけど、『愛してます』と確かに言ってましたし、お相手も『そこまで言うのであれば』と了承してました」

そう告げると、レオナルドは驚きで目を見開いたあと、くしゃりと顔をしかめた。

いざ訊ねるとなったら緊張してぎゅっと握り締めていたジュリアの手は、レオナルドの大きな手に包み込まれる。

「――ああ、昼間のあれを聞いていたんですか？　タイミングが悪いのか良いのか。だったら、そのまま入ってきてもらえれば、もっと嬉々《きき》として了承してもらえたはずです」

「どういう意味ですか？」

当たり前のように告げる言葉と手の温《ぬく》もりに、ジュリアは心の奥で引っかかっていたわだかまりが解けだすのを感じた。

「あれは、彼女の生家の傘下にある人気レストランの予約を融通してもらえないかと話していたんです。一カ月後、私たちの初めての結婚記念日でしょう？　少しでも良いところをと思って。相談しなかったのは、予約が取れなかった時のこともそうですが驚かせたくて」

ジュリアも記念日を意識してはいたが、一カ月も先なのでそのうちどうするか話題にすればいいと思っていたところに、レオナルドはもう動き出してくれていたようだ。

素直に嬉《うれ》しい。だけど、会話の内容に疑問が残る。

「とても嬉しいけど、だったらなぜあのような会話に？」

「あれは、お金ではなくどれだけ奥さんを愛しているのか証明して見せたら融通させてくれると言われたので、ジュリアへの愛を語らせてもらったんです。だからあの『愛してる』はジュリアのことだし、彼女の了承は店のことです」

「そう、でしたか」

信じてはいたが、本人からはっきり否定されると安堵《あんど》する。

表情には出していないつもりだし、本気で疑っていたわけでもなかったのだが、話しながらもジュリアを見つめるレオナルドは悩ましげな顔をした。

何かを堪《こら》えるように眉間にしわを刻んだその表情で、ジュリアの頬《ほお》にかかった髪を優しく耳にかける。

「不安にさせてごめん。あと、溜《た》め込まずに話してくれてありがとう」

申し訳なさそうに微笑《ほほえ》むレオナルドに、ジュリアは微笑み返した。

「信じてました。だけど、やっぱり女性に話している内容は気になって。聞いて良かった」

「うん。本当にありがとう。ジュリにわだかまりや誤解があったまま過ごすことになっていたかと思うと、生きた心地がしない」

両腕を広げてすっぽりとジュリアを抱き締めると、頭上に顎を置いて、ますますジュリアの身体を拘束するように抱き込んできた。

はぁーと息を吐き出すと、熱っぽい声でささやいた。

「私にはジュリだけなんです。信頼は互いに築き上げるものだから簡単に信じてくれとは言えないけれど、これからもジュリだけを愛すると誓う。どうかこの心は疑わないでほしい」

「信じてます。それに私の内側はレオの愛情がたくさん溜まっていますから。ただ、ちょっと嫉妬というか、言葉も言葉だったのでもやもやしただけなので」

「うん。それでも。不謹慎だけど、ジュリが気にしてくれたこと、こうして話してくれたことは嬉しい」

頭上にキスをたくさん降らせながら、レオナルドがぎゅむぅっと抱き締める腕に力を込めた。

ジュリアも同じように腕を回して抱き返す。

気持ちを確かめ合い、互いの体温が嬉しくて見上げると、星々が輝く静かな夜のように静寂ときらめきが浮かぶ瞳と目が合う。

その瞳は、常に迷いのない強い光と愛情を届けてくれるレオナルドそのものだ。

自分を見つめる眼差《まなざ》しにはたっぷりの愛情が見て取れて、この視線を向けられる限りジュリアのレオナルドへの愛情は薄れることはきっとない。

ふわりと慈しむように微笑み顔を近づけるレオナルドに、ジュリアは吸い寄せられるように目を閉じた。

互いの唇がふにゅりと優しく解れ合う。信じて、相手からも返ってくる気持ちに満たされ、心から通い合うキスに気持ちが高ぶり愛しさが募る。

唇が離れると、レオナルドが瞬きをしてジュリアを覗き込んだ。

「とろけた顔してる」

「ん。レオとくっつくの幸せだなと思って」

一緒に過ごす時間が増していくたびに、満たされる想いや安心感がジュリアを包み込み幸せだと思える日々。ましてや、小さな不安を綺麗《きれい》さっぱり払拭されたあとでは、気持ちはどうしてもレオナルドへと向かい滲み出てしまう。

「ジュリが愛おしい。好きです」

レオナルドは口元を綻ばせ愛の言葉を口にすると、見飽きることのない美貌をまた近づけてきた。

先ほどより熱のこもった瞳で見つめられ、ジュリアも抑えきれない気持ちを伝えようと口を開く。だけど、「好き」の言葉は、なまめかしく唇を舐めたレオナルドに覆い被さるように唇を奪われ、気持ちごと飲み込まれた。

やきもち

〔紙書籍限定書き下ろし
ショートストーリー〕

Yakimochi

レオナルドと結婚して六年。

彼との間に子を授かり、現在四歳のテオドールは好奇心旺盛な男の子に育った。

レオナルドに似た藍色がかったさらさらの黒髪に、ジュリアと同じエメラルドの瞳はくりんと丸く、その双眸《そうぼう》には今にも零《こぼ》れ落《お》ちんばかりに涙が溜《た》まっていた。

「パパ、そこぼくのばしょ」

「違うぞ。先にパパが取ったから今はパパの場所だ」

「ううー。でも、ぼくのぉー」

寝起きのためか、感情の制御ができずにぽろりと涙をこぼすテオドール。

それに対して、ふっと目を細めて笑みを浮かべるレオナルドは、現在ジュリアの膝の上に頭を置いていた。

今日は朝から家族でピクニックに出かけ、テオドールは思いっきり走り回って遊んだ。

家に帰ってからしばらくはラグの上で遊んでいたのだが、そのままこてりと力尽きてしまったので、そっとタオルケットを掛けて寝かせておいた。

開かれた窓から暖かい春風がそよそよと吹き込み、すやすやと眠る愛《いと》しい我が子を眺めながら、親でもあり夫婦でもある穏やかなスキンシップの時間が唐突に終わりを告げるのは、小さな子供がいたら仕方がない。

必死に訴えてくる我が子に何をしているのと、窘《たしな》めるようにきゅっとレオナルドの鼻を摘《つま》んでみる。だけど、その指は逆に捉えられてしまい、こちらを見上げてくる晴れた夜空を思わせる黒の瞳には、とろりと甘い色とともにきらきらといたずら星が散っていた。

ジュリアは呆《あき》れたように息を漏らすと、離さないよとばかりに掴《つか》まれた指にきゅっと力を込められて笑ってしまった。

可愛《かわい》い我が子が甘えてきたら手を差し伸べたいし、全力で子供の気まぐれに付き合い相手をしてくれたレオナルドも労《いたわ》りたい。

「テオもおいで」

微笑《ほほえ》みながらテオドールに声をかけると、タオルケットをぎゅむっと握り、ずるずると引きずりながらやってくる。

自分たちの前でぱっと離すと、今度はじとりとレオナルドを睨《にら》むテオドールに対して、レオナルドは面白そうに口の端を上げて退《ひ》く様子を見せない。

むうっと頬《ほお》を含まらせて、テオドールはぽこりとレオナルドの脇腹を叩《たた》いた。

「パパ、どいて」

「パパもママにくっついていたい」

「だめ。ママはぼくのもの」

互いに主張しながらレオナルドはお腹《なか》に顔を埋《うず》めてくるし、怒ったテオドールはぐいぐいとレオナルドの服を引っ張る。

「それはどうだろう？」

ふっと笑い、全く離れようとしないレオナルドに、テオドールは瞳にうるうるとまた涙を溜めた。

「ううぅー。パパのいじわるぅ」

「それは聞き捨てならないな。パパはテオのことも大好きだけど、ママのことも大好きだから一度くっついたら離れられないんだ。テオだってそうだろ？」

「そうだけど、でも、でも、……はなれることはできるよ」

突《つっ》けばぽろりと落ちそうなほど涙目になりながら、テオドールはレオナルドをぐいぐい引っ張るが、レオナルドは笑うだけで動こうしない。

レオナルドの方は遊び半分であるが、自分の取り合いが始まった。

このようなやりとりは日常茶飯事でよく飽きないなと思いながらも、口元は綻んでいく。

ジュリアはくすくすと笑いながら、二人に声をかけた。

「みんなで一緒にくっつきたいな」

握られたレオナルドの手の親指を握り返し、テオドールにはおいでと反対の手を広げてみる。すると、待ってましたとばかりに勢いよくぴょんとテオドールが飛び込んでくる。

レオナルドもそうなることがわかっていて顔を上げて腕を伸ばすと、テオドールを一緒に抱きしめた。

ふっくらした小さな手がこの場所は死守するぞと、ジュリアの服を必死になって握り締めてくる。そんなテオドールの姿に、ジュリアは双眸に笑みをたたえた。

「テオは起きた時にひとりだけ離れていて寂しかったんだよね」

「そう。さびしかった」

こくこくと頷《うなず》くテオドールに、手を伸ばして頭を撫《な》でると嬉《うれ》しそうに破顔する我が子が愛おしい。

結局その後はどうやってくっつくかを我が家の男二人は真剣に相談し、レオナルドがジュリアを、ジュリアがテオドールを抱きしめることでようやく落ち着いたのだった。


「こうしてひとりぼっちだったしろくまさんは、毎日やってきては喧嘩《けんか》をたくさんしたくまさんと一緒に仲良く暮らしました……。テオ、寝た？」

本日五冊目の絵本でようやく眠った我が子は、くぴーくぴーと小さな寝息を立てていた。

そっと前髪を分けて小さな額におやすみのキスを送ると、ジュリアはスタンドの電気を消してレオナルドのいるリビングへと向かう。

本に目を通していたレオナルドは、ジュリアに気づくと両腕を広げて笑みを深めた。ぽすんと身を寄せると腕の中に閉じ込められ、髪をかき分けるようにして目尻に口づけを落とされる。

先ほど、ジュリアがテオドールにした同じような仕草に、ジュリアはふふっと小さな笑い声をこぼした。

「お疲れ様。テオは寝た？」

「うん。今日は時間がかかったけど。テオはくまさんシリーズが好きすぎて、それが後になるとなんとしてでも起きていようとするから」

毎日、読む順番や冊数は違う。今夜は目をつぶって本を指さしして順番を決めたため、お気に入りが五冊目となってしまった。

「今日はいつもよりだいぶ身体《からだ》を動かしたはずだけど、結局いつも通りの時間って、テオは体力あるね」

「昼寝もしっかりしたから、そこでリセットされちゃったのかな。今日もテオとたくさん遊んでくれてありがとう」

先日、王の生誕祭が行われ、事前準備と当日の警護でレオナルドは随分と忙しかった。

いつも以上に気も遣っただろうが、家に帰ってきても疲れは見せても態度に出すこともなく、いや、少しジュリアに対して甘えたになってはいたが、テオドールにとってはいつも通りの格好《かっこ》いい父親であった。

「テオは楽しそうに身体を動かすから、一緒に遊ぶのは楽しいよ。でも、ジュリにべったりで私がジュリとくっつく時間が減るのは困ったな。そろそろ弟か妹を作ってもいい頃かな」

見直したそばから、どこまで本気か冗談かわからないことを言う。

「本気？」

「わりとね。邪魔されずにジュリとくっつきたいのも本音だし、可愛い我が子をもう一人迎えてもいい時期でもあるかなとも思う。ジュリはどう？」

「そろそろ二人目を作ってもいいとは思うけれど」

もともと二、三人は欲しいと話していたし、テオドールに弟妹《ていまい》を作ってあげたいとも思う。ただ、切り出し方が少し気になるというか。

ジュリアが小さな不安に顔を上げると、深く澄んだ黒い瞳と目が合い、ふっと微笑むレオナルドが抱き締めてくる腕に力を込めてきた。

「テオも可愛いけれどジュリを取られることも多いし、ジュリとゆったり過ごす時間はもう少し欲しいな。今日はたくさん愛してもいい？」

耳朶《じだ》に唇を触れて甘くささやくと、レオナルドはジュリアをそのまま立ち上がらせるなり引き寄せる。

唇が重なり、一通り口内を舐《な》め取られた。そのまま手を掴み夫婦の寝室へと連れ込まれ、腰を引き寄せられて再び深く唇を奪われる。

とすんと、優しくベッドに押し倒され、スカートの下から侵入した大きな手にするりと足を撫でられた。つつつっ、と下着の上を指が行き来する。

その間、優しく唇を食《は》んだり、自分を見つめる瞳はずっと熱を孕《はら》んでいて、レオナルドからもたらされるすべてに心身ともに熱くなっていく。

「家族が増えても、愛する者が増えても、私の最愛はジュリです。誰よりもそばにいたい」

「ええ。私も同じ気持ちです。レオ、愛してます」

吐息が触れ合いもっと近くにとどちらともなく唇を重ね、ベッドに沈み込んだ。

深くなっていくキスを素直に味わい、長い指がジュリアの感じる部分を暴いていく。

「あっ……」

「ジュリ。もっと触れたい」

もどかしげに服を脱がせられ、最後の一枚になった下着もぐいっと引き下ろされる。大きく硬めの手のひらが、優しくお腹を撫でながらその範囲を広げていく。

ジュリアも積極的にレオナルドのシャツを脱がし、広い肩や腰に触れた。

その間もキスは止《や》むことなく、交わる舌も、レオナルドに触れる指や触れられた肌も、すべての互いの体温が熱されて交換されていく。

その温度も気持ちよく、もっともっと密接に交わりたくなる。

胸をやわやわと揉《も》まれ、くりっと弄ばれたかと思ったら先端を食まれ、キスであやされながらレオナルドの熱い塊を受け入れる。

「んんっ」

何度受け入れても存在感を主張する熱が、指では届かなかった奥をとんっと突いて、緩やかに身体を揺すられる。

レオナルドが動くたびに内壁を熱く硬いものでこすられて、素肌でくっつき触れ合う体温にジュリアはとろりと身体がとろけていく。

「……ジュリのなか、気持ちいい。もっと動いていい？」

息の上がった声に、胸も、彼のものが入っている奥も、きゅんっと反応する。

もともと色っぽかった声音は年々さらに色っぽさを増し、吐息混じりの低いささやきはレオナルドの気持ちよさも伝わり、ジュリアの感度はさらに上がる。

「うん、……えっ、ちょっと待って」

頷くや否や、先ほどより大きなストロークで、ゆっくりと最後はがつんと響くように腰を使われる。

「……んあっ、レオっ」

何度も何度も繰り返され、開かれる身体の奥の疼《うず》きが止まらない。

「いいみたいだね。ほら、こうしたら、もっと」

レオナルドに触られるだけでとろける身体は、ぐいっと片足を持ち上げられてさらに奥へと抉《えぐ》られる。

本人よりも知り尽くしたジュリアの弱い部分を狙って穿《うが》たれて、恥ずかしいほどの甘い嬌声《きょうせい》を引きずり出される。

快楽に呑まれそうになるのを、その快楽をもたらす相手に縋《すが》るように腕を伸ばすと、足を下ろされ広い背中に腕を回しやすいように身体を近づけてくれる。

ぎゅっとしがみつき、密着度が上がってほっと表情を緩めると、ぐぅっと伸びてきたものを奥に当てて熱い吐息とともに耳元でささやかれた。

「はぁ、……ジュリが足りない。もっと欲しい」

「……私もレオがもっと欲しい」

基本優しいレオナルドは、体調やら、今は子供のこともあるから、気を遣ってくれている。だけど、たまには自分たちのことしか考えられない時間があってもいいだろう。

「ジュリもなかなか言うね。なら、遠慮なく」

ふっ、と色っぽく息をついたレオナルドに、言葉通り腰を使われ、目の前が白くなるほど攻められた。

「……あっ、んんーっ！」

内壁を強くこすり上げられ、強烈な快感のなか互いに高め合っていく。

はっ、と色っぽい声を出したレオナルドが、感じ入った声でささやきながら眉根を寄せた。

「ジュリ……。吸い付いてくる。なか、出してもいい？」

「ん、あ、……出し、て」

きゅっとレオナルドの指に手をかけて揺さぶられながら応えると、ひときわ強く突き入れられ、最奥でぶわっと熱が放たれた。

互いに大きく息をつき、長い腕に横からぴったりと抱きしめられて包み込まれる。

とくとくといつもより速いレオナルドの鼓動を聞きながら、ジュリアは溢《あふ》れる気持ちを伝えたくて愛しい人の名前を呼ぶ。

「レオ」

「ジュリ」

互いに微笑み、どちらからともなく顔を近づけ唇を重ねた。

愛に溢れた営みで一年後には男の子、二年半後には女の子と家族が増えていった。

あとがき

こんにちは。はじめまして。Ayariと申します。

このたびは『ちょうどいい、から始まる契約結婚～白騎士様の溺愛に溶かされそうです～』をお手に取ってくださり、ありがとうございます。

今作は初めての書籍となり、記念すべき一冊目となります。素敵なご縁をいただき、たくさんの方々のご協力や幸運に恵まれ書籍としてお届けすることができ感無量です。

橋本彩里、もしくはAyariとして執筆しながら各小説投稿サイトでイチャラブ度を変えて掲載していた作品を、ルフナ様で商業作品として出させていただけることになりました。

自作のなかでイチャラブ度高めのものは、Ayari名義としました。橋本彩里名義でも近日ご本が出る予定です。

恋愛ものは、溺愛、ハッピーエンドが大好きです。今作は大好きな溺愛、イチャラブを楽しく詰め込んだ作品となっております。

そして、日常に潜むくらいのちょっぴり不思議なことも好きなので、こんなものがあったらいいなを魔道具にしました。もしかしてありえる？　可能？　というのは夢があります。

右も左もわからないなか優しく頼りになる担当編集者様に丁寧にご指導いただきながら、大幅に改稿し物語に深みをもたせ、甘みもたくさん増すことができました。

SSは紙と電子とで内容も違いどちらも楽しく書かせていただきましたので、それぞれで楽しんでいただけたら幸いです。

イラストは漫画家のpoco.先生に描いていただきました。

きゃぁーと指の隙間を開けて（笑）目を覆いたくなるようなイラストから、正統派の格好《かっこ》いいイラストまで、素晴らしい表紙と挿絵なのでお話と一緒に楽しんでいただけたら嬉《うれ》しいです。

特にカバーのカラーのレオの色っぽさ！　爽やかだけど色気や手のやらしさに、きゅんきゅんしました。ジュリの瞳の色や表情も好きで毎日眺めておりました。

担当様をはじめ、新人に素敵なイラスト描いてくださったpoco.先生に最大級の感謝を。

そしてこの本を手に取って下さった皆様に感謝とともに、ふわりじわりと甘く幸せな気分になっていただけたらいいなぁと思います。

お楽しみいただけますように。

そして、機会とご縁がありましたらまた皆様と次の作品でお会いできますよう。

Ayari

Ruhuna

お買い上げいただきありがとうございます。
作品へのご意見・ご感想は右下のQRコードよりお送りくださいませ。
ファンレターにつきましては以下までお願いいたします。

〒162-0822
東京都新宿区下宮比町2-26 KDX飯田橋ビル 5階
株式会社MUGENUP ルフナ編集部 気付
「Ayari先生」／「poco.先生」

ちょうどいい、から始まる契約結婚
～白騎士様の溺愛に溶かされそうです～

2023年10月27日　第1刷発行

著者：Ayari

イラスト：poco.

発行人　伊藤勝悟
発行所　株式会社MUGENUP
〒162-0822 東京都新宿区下宮比町2-26 KDX飯田橋ビル 5階
TEL：03-6265-0808（代表）　FAX：050-3488-9054
発売所　株式会社星雲社（共同出版社・流通責任出版社）
〒112-0005 東京都文京区水道1-3-30
TEL：03-3868-3275　FAX：03-3868-6588
印刷所　株式会社暁印刷

カバーデザイン：カナイデザイン室
本文・フォーマットデザイン：株式会社RUHIA

本書は、小説投稿サイト「ムーンライトノベルズ」に掲載されていたものを、改稿・加筆のうえ書籍化したものです。

Printed in Japan
ISBN 978-4-434-32646-2 C0093